ARMANDO PIERUCCI

No, Nessun Disturbo
LA STORIA DI P. LEONARDO TASSELLI

DIREZIONE NAZIONALE DELLA GUARDIA D'ONORE
DEL CUORE IMMACOLATO DI MARIA
PER L'ITALIA E LA REPUBBLICA DI SAN MARINO

IMPRIMATUR
Pennabilli, d. 21 settembre 2022
✝ *Andrea Turazzi*
Vescovo di San Marino Montefeltro

© 2023 - No, Nessun Disturbo
La Storia di P. Leonardo Tasselli
di Armando Pierucci

Direzione Nazionale della Guardia d'Onore
del Cuore Immacolato di Maria
per l'Italia e la Repubblica di San Marino

Codice ISBN 9798395959010
Independently published

*Ave, o Maria, piena di grazia,
prega per noi Gesù.*

PREFAZIONE

Questo testo di *P. Armando Pierucci*, circa la storia e biografia del *P. Leonardo Tasselli*, dal titolo "*No, Nessun Disturbo*" è un grande omaggio che l'autore ha scritto in onore dell'avventurosa, singolare, illuminata e poliedrica vita di un grande Frate Minore e Sacerdote della *Provincia Picena San Giacomo della Marca dei Frati Minori, P. Leonardo Tasselli*.

Come in tutte le biografie, l'autore coglie soprattutto i fatti più salienti e le pennellate più evidenti, scegliendo in modo sapiente i fatti, i dialoghi, le scene e le affermazioni più caratteristiche e più significative dei sette macro-eventi della vita del *P. Leonardo*: il tempo dell'infanzia a Fusignano di Ravenna; il tempo nella formazione iniziale nella *Provincia Picena San Giacomo della Marca*, fino all'Ordinazione sacerdotale; il periodo cinese; il tempo successivo al ritorno nelle Marche; la fondazione e diffusione della Associazione pubblica di fedeli *Guardia d'Onore del Cuore Immacolato di Maria*; la stagione del servizio come Ministro Provinciale; gli ultimi tempi, dal Convento di Monteprandone fino alla morte nell'Ospedale di San Benedetto del Tronto nel 2012.

Ma qui vorrei evidenziare alcuni momenti solenni della vita del *Padre Tasselli* che mi hanno colpito particolarmente.

Il primo, che fa da cerniera con l'esperienza missionaria in Cina, quando P. Leonardo comprese che il *Centro Cattolico*, che lui e *P. Beniamino Leong* avevano sognato a Hong Kong, si era materializzato nell'opera dello *Studio Sociale* fondato dal *Beato Padre Gabriele Maria Allegra* a Singapore. Divenendo, poi, *Direttore Nazionale della*

Guardia d'Onore del Cuore Immacolato di Maria in Italia e a San Marino, P. Leonardo comprese che il suo sogno era stato esaudito, dal Signore e dalla Vergine Santissima, molto più di quanto lui stesso avesse potuto immaginare.

Il secondo momento è riassumibile nelle parole che il *Beato Gabriele Maria Allegra* disse a *P. Leonardo*, in merito all'opera incredibile da lui avviata in San Marino: *"Sai, in tutto questo lavoro tu non c'entri per niente. Non so il perché, ma questo santuario è un regalo che San Giuseppe fa alla sua Castissima Sposa"*. Qui si evidenzia chiaramente, per la voce del *Beato P. Allegra*, che *P. Leonardo* fu uno strumento nelle mani del Signore, della Vergine Maria e di San Giuseppe!

Il terzo emerge dalle significative e commoventi parole che la cara Maria Passamonti, la fedelissima Segretaria della *Guardia d'Onore* e del *P. Tasselli*, la quale, nel 1968, quando la Sede Nazionale della Guardia d'Onore si trasferì definitivamente a San Marino, disse della *Casa Esercizi San Giuseppe,* come allora si chiamava: *"Questa è la mia Casa"*. La stessa Maria, dopo 26 anni di servizio generoso e gratuito, in prossimità della sua morte, disse al P. Leonardo: *"Padre, mi dispiace molto morire, non per me, ma per Lei. Chi l'aiuterà nel suo lavoro?"*.

Desidero ringraziare *P. Armando Pierucci* per la sua opera e per il suo studio e con lui tutti coloro che lo hanno aiutato a portare a termine il suo prezioso lavoro. Grazie, P. Armando, perché hai saputo mettere per iscritto la vita e la storia di un esimio fratello della nostra *Provincia*, dell'*Ordine francescano* e della *Chiesa*, P. Leonardo Tasselli, Frate Minore e Sacerdote, che è stato un collaboratore d'eccellenza del *Signore Gesù* a difesa e custodia del *Cuore Immacolato di Maria*, in Italia, in Cina, nella Repubblica di San Marino, in Argentina e in tante altre parti dell'Europa e del Mondo.

Auguro a tutti i lettori di quest'opera, leggendo le pagine meravigliose della vita del *P. Leonardo Tasselli,* di impreziosire la loro fede cristiana e mariana diventando, se non lo fossero già, *Guardie d'Onore del Cuore Immacolato di Maria.*

Ave, Maria, Piena di Grazia, prega per noi Gesù!

Fr. Simone Giampieri
Ministro Provinciale

LE SUE DATE

20.02.1920	Nasce P. Leonardo Tasselli a Fusignano (Ravenna)
20.02.1920	È battezzato con il nome di Angelo Custode
15.08.1936	Prima Professione ofm a Colfano
14.04.1941	Professione solenne ofm a Matelica
14.06.1943	Ordinazione Sacerdotale a Zara
1944/1947	Laurea in Teologia Morale a Roma
20.10.1947	Partenza per la Cina
1952/1959	Falconara Marittima - Segretario Provinciale e altri incarichi
1959/1968	Ancona - Direttore Nazionale Guardia d'Onore del Cuore Imm. di Maria
01.05.1965	Posa della Prima Pietra del santuario, benedetta da San Paolo VI
1968/1993	Repubblica di San Marino
1969/1975	Ministro Provinciale
30.08.1993 - 30.08.1999	Monteprandone
30.08.1999 - 22.11.2003	Montefiorentino
22.11.2003 - 14.11.2007	Jesi
14.11.2007 - 2008	Grottammare
01.09.2008 - 26.01.2010	Matelica
26.01.2010	Grottammare
31.03.2012	Dall'ospedale di San Benedetto del Tronto sale al cielo
16.03.2022	È sepolto nel santuario del Cuore Imm. di Maria (Rep. di San Marino)

NÉ SANTO, NÉ SANTOCCHIO

Sono state due donne di nome Elisabetta a convincermi di scrivere qualcosa su P. Leonardo Tasselli.

La prima, Elisabetta Nardi, insegnante, lo aveva conosciuto quando questi era già vicino ai 90 anni, ospite in una Casa di Riposo.

L'altra, Elisabetta Muccioli, medico, giovane animatrice delle iniziative spirituali e culturali nel santuario del Cuore Immacolato di Maria (CIM) nella Repubblica di San Marino, non lo aveva mai incontrato, ma era "inciampata" spesso nel suo nome e ne aveva ripercorso la vita, studiando la storia del santuario, o semplicemente trasportando da uno scaffale all'altro le centinaia di documenti, memorie, lettere lasciate dallo stesso Padre.

Elisabetta Nardi mi ha convinto a studiare la biografia di P. Leonardo e continuare a scrivere quanto lei stessa aveva cominciato a fare.

Elisabetta Muccioli ha scelto le pagine più essenziali, fra quelle presenti nell'archivio del santuario del CIM di San Marino, le ha fotocopiate e me le ha spedite. Le ho studiate con attenzione e così ho conosciuto l'immensa grandezza di P. Leonardo Tasselli.

La sua vita è stata come salire una scala: fatto il primo gradino, bisognava fare necessariamente il secondo, poi il terzo: tutti.

Diceva: «Io non ho scelto nulla. Ho dovuto dire solo *Sì* a quello che lo Spirito Santo mi proponeva».

Con questo non dico che P. Leonardo sia stato un Santo. La sfiducia di alcuni, le resistenze (spesso unite alla menzogna e alla malafede) di altri hanno a volte inasprito

il suo animo, obbligandolo a difendersi, a gridare la verità, a ricorrere ai tribunali.

Ma non è stato neppure un santocchio; qualche suo
confratello lo indicava: «*'Sto Madonno!*». Nessuno poteva dire che torcesse il collo per ostentare devozione a
Maria Santissima – egli andava ben dritto! – o che addirittura adombrasse di miracoloso quanto era solo atto di
obbedienza ai segni che la sua onestà giudicava prove-
nienti dal Cielo.

Il fatto è che P. Leonardo è stata una grande personalità, ben meritevole di essere ricordata, di essere proposta
a esempio almeno di onestà, e di ricevere quel *Grazie* che
nessuno, a eccezione di Maria Santissima, gli ha detto mai.

P. Leonardo Tasselli

FUSIGNANO

Quella sera si fece festa nell'Infermeria di Grottamma-re, la Casa di Riposo per i frati ormai non più autosuffi-cienti. Era la sera dell'Epifania del 2012 e anche per loro era arrivata la befana con qualche regalo.

P. Leonardo Tasselli, classe 1920, prese l'arancia che aveva ricevuto in dono; si alzò da tavola per ritirarsi in camera. Aveva una corporatura ancora robusta, ma il peso dei 92 anni lo fece vacillare. Perse l'equilibrio, l'arancia gli scivolò via dalle mani e lui cadde, battendo violente-mente il sedere contro il pavimento.

P. Leonardo voleva portarsi in camera l'arancia. Era un regalo, un ricordo delle feste di Natale. Del resto lui si portava sempre in camera qualcosa da mangiare: dei biscotti, qualche frutto, magari un pezzo di pane. Non che avesse bisogno di quella roba, anche perché poi si scor-dava di mangiarla e le infermiere la portavano via, quan-do facevano la pulizia della stanza. Ma era un'abitudine. Anche i cani, se sono sazi, nascondono l'osso avanzato; magari lo seppelliscono per ritrovarlo nei giorni di magra, anche se poi i giorni di magra non ci saranno.

Angelo Custode, così avevano chiamato Leonardo, che era nato a Fusignano (Ravenna) il 20 febbraio del 1920; in quel giorno moriva, nell'ospedale *D. Estefania* di Lisbona, Santa Giacinta Marto, una delle tre veggenti di Fatima.

Angelo abitava con la Mamma, Francesca Montanari (1892 - 7 dicembre 1934), con il Papà Primo, con le sorel-le Elena (Lina) e Clementina, con i fratelli Alvaro (1922-1944) e Lorenzo (Renzo).

Abitavano in una piccola casa nella via che da San Savino va verso Alfonsine. Suo padre, Primo, allo scarso prodotto del poderetto, doveva aggiungere il lavoro presso una stalla lontana da casa: un lavoro massacrante e soprattutto umiliante, adatto allo sconforto. Il fiasco del vino è l'ansiolitico più accessibile alle possibilità della povera gente. «*Contra i pinsìr un gran rimèdi l'è 'l bichìr*» (Contro i pensieri, un gran rimedio è il bicchiere). Succedeva così che Primo si vedesse poco a casa; e quando c'era, dormiva.

Angelino non ne era fiero. Quando, nel 1949, in Cina dovrà rispondere agli interrogatori dei Gerarchi Comunisti, al fine di ottenere il permesso di lasciare Pechino, lo dovrà dichiarare; e lo dirà senza sperare di suscitare la simpatia degli Ufficiali del Popolo.

«Come si chiama tuo padre?»

«Primo.»

«Che cosa fa?»

«Lavoratore.»

«Che lavoro?»

«Garzone.»

«Hai fratelli?»

«Sì.»

«Dove sei nato?»

«A Fusignano.»

«Dove hai studiato?»

«A Fusignano le Elementari; a Sassoferrato i primi 4 anni di Ginnasio; a Matelica il 5° Ginnasio; a Monteprandone i 3 anni di Liceo; a Zara i primi 3 anni di Teologia; a Matelica il 4° anno di Teologia; a Roma altri 3 anni di Teologia.»

«E poi che cosa hai fatto?»

«Sono venuto in Cina.»

«E adesso perché te ne vuoi andare?»

«Perché la scuola qui è chiusa e i Superiori mi chiamano.»

«Come si chiama e dove si trova il tuo Superiore?»

«Non lo so (per dirlo a te).»

«Quante lingue sai?»

«Nessuna.»

«Come? Non sai l'Italiano?»

«Saperlo, forse lo so; ma si dice così per dire che so male le altre lingue; le so come il Cinese.»

«Sai combattere?»

«Non ho preso mai un'arma in mano.»

Più tardi la famiglia si traferì al centro di Fusignano, in via Cantagallo, 69. Quando Angelo fu un ometto di 7 anni, Mamma Francesca lo presentò all'Arciprete Don Paolo Rambelli. Gli chiedeva di accettarlo per servire all'altare.

«Va bene» disse Don Paolo. «Ma prima deve imparare le risposte della Messa: sono in latino, eh!»

Così il piccolo Tasselli cominciò a frequentare, insieme ad altri bambini, il corso tenuto da una vecchietta. Era una specie di doposcuola. Tutti portavano il panierino per la merenda, eccetto due: Angelo e la vecchietta. Ma costei, al momento della merenda, si faceva consegnare i panierini, frugava dentro e rimediava qualcosa: un fico secco, qualche castagna. Ce n'era per lei e qualche volta per Angelo. *«Parché è ciapa sempar inté mi panirën?»* (Perché prende sempre dal mio panierino?) chiedeva sottovoce qualche bambino.

Terminato il corso, una schiera di chierichetti d'estate o d'inverno, con il fresco o con il gelo, era presente alla Messa. I sacerdoti compensavano con quattro soldi a servizio; ma c'era un sacerdote che ne dava sei: e allora c'era una bella gara per servire la sua Santa Messa.

Per i Funerali il compenso era di una lira, ma era l'Arciprete che sceglieva il trio di chierichetti. Don Paolo conosceva le ristrettezze dei Tasselli e selezionava quasi sempre Angelo. «Però, sceglie sempre lui» brontolavano dolcemente i bambini.

La premura di Don Paolo arrivava a prendere accordi con la Maestra della Scuola Elementare, una giovane devota che riceveva la Comunione nei Primi Venerdì del mese, e insegnava ai bambini i canti della Madonna:
"Immacolata, Vergine bella,
di nostra vita tu sei la stella".

La Maestra non segnava l'assenza di Angelo, presente al Funerale. Alla fine dell'anno scolastico si leggevano in pubblico le pagelle, con i voti nelle varie discipline e il numero delle assenze. Quando alla lettera T veniva proclamato che Angelo aveva fatto solo tre assenze, un *Oh!* forte come un boato riempiva la classe: «*Mo se Angiulì è vën sempar in ritèrd!*» (Ma se Angelino viene sempre in ritardo!).

«Sì» rispondeva la Maestra. «Angelino viene qualche volta in ritardo, perché deve prima andare in chiesa. Per questo ha il permesso del Direttore.»

Un po' tutti intuivano la situazione familiare di Angelo e cercavano di aiutarlo. La Signorina Gina Ricci, sorella del Podestà, abitava anche lei in via Cantagallo. Quando incontrava per strada il devoto chierichetto, gli dava qualcosa. Gli diceva: «Portalo alla Mamma, Angelino».

Alcune signore si misero d'accordo con la lattaia, perché ogni mattina desse mezzo litro di latte ai Tasselli. Mezzo litro non bastava per tutti. Allora la Mamma disse alla lattaia, che vendeva anche altri generi alimentari: «*C'um met' a qua pitost dl'amnèstra*» (Mi dia piuttosto la pasta per la minestra).

Anche Don Paolo, a Natale e Pasqua, prendeva una manciata di monete dalla tasca, sceglieva le più grosse e le dava al bambino. Diceva: «Anche noi preti dobbiamo fare l'elemosina. Portale alla Mamma; ne avete bisogno». «Io, correndo» ricordava P. Leonardo, «le portavo a mia Madre. Sapevo che sarebbe stata una bella improvvisata.»

Il Farmacista trovò un bel modo per gratificare il piccolo. La Domenica delle Palme gli aveva chiesto di portargli dei ramoscelli di olivo benedetti. Per compensarlo gli aveva dato tante pastiglie di potassa. I bambini ci si divertono, facendole scoppiare. Ma, per farli esplodere, bisogna colpirli con forza con il tacco degli zoccoli. Angelino non poteva correre il rischio di rompere gli zoccoli per uno sparo; così regalò le potasse ai suoi compagni. Il Maresciallo dei Carabinieri cominciò a preoccuparsi per tutti quei botti, eppure non riuscì a capire dove i bambini di Fusignano avessero trovato tanto materiale esplosivo.

Molta gente voleva bene ad Angelino; le donne ne parlavano con la sua Mamma: «*Alvaro l'è un bèl burdèl. Angiulì l'è brutì, mo l'è bon e servisevol*» (Alvaro è un bel bambino. Angelino è bruttino, ma è buono e servizievole).

Era anche devoto. Le pettegole qualche sera si riunivano dai Tasselli per giocare a carte. Angelino doveva andare a letto, prima che se ne andassero. Ricordava P. Leonardo: «La Mamma mi metteva una candela vicino e così potevo recitare da solo il Rosario, anche se lo avevo recitato in chiesa. Qualche volta ne sgranavo anche due o tre. Era poi la Mamma che veniva a dirmi: "*Adès basta agl'uraziòn. Dorma so*" (Adesso basta con la preghiera. Dormi su)».

Forse la devozione accendeva la sua fantasia. Una volta che passò l'estate presso un contadino, vicino alla fattoria di zio Evaristo, gli succedeva di vedere apparire un prete vestito di nero, un soldato in grigioverde e una giovane Donna. Lo riferì al contadino. Questi, andando sul posto, gli diceva: «*Ind'o soja? A què u'gnè 'nciò*» (Dove sono? Qui non c'è nessuno). Ma egli le vedeva sempre lì, quelle figure; lontane un duecento metri, ferme. Lo guardavano.

Quando alla sera doveva tornare a casa da solo, camminava con lo sguardo fisso al prete, al soldato, alla giovane Donna. Era un tormento per lui, ma proseguiva. Poi i Tre sparivano e l'incubo cessava.

I bambini fanno presto a crescere; così, con le spese per il cibo, crescono anche le spese per le scarpe e per i vestiti. Mamma Francesca si industriava a passarli dai più grandi ai più piccoli, maschi o femmine che fossero. E poi c'erano ancora quelli del nonno. Povera Donna! Li aggiustava come poteva, ma stavano sempre larghi, sempre più logori e ormai ridicoli.

A Fusignano la festa più bella dell'anno è quella in onore della Vergine Maria Immacolata. Fino al 1540 era stato San Giovanni Battista il patrono di Fusignano. Ma in quell'anno gli abitanti e il Consiglio Generale Cittadino avevano scelto la Vergine Maria Immacolata come protettrice della città e del suo territorio; vollero una nuova immagine da venerarsi sotto il titolo dell'Immacolata Concezione. Preferirono la piccola tela, dipinta dal frate cappuccino Francesco da Ferrara, il predicatore che si dilettava nel dipingere Madonne, che lasciava in dono alle chiese, in cui aveva predicato.

Ogni anno la tela dell'Immacolata, ormai posta in un prezioso scrigno d'argento, la *Scaranena*, veniva portata in processione.

Angelo Custode, che ogni mattina serviva all'altare, si presentò in parrocchia. Nella processione poteva portare un candeliere, il turibolo, magari la vaschetta dell'acqua santa. «*Moh! T'an vi coma che t'ci mêlardot, Angiulì?*» (Ormai! Non vedi come sei malmesso, Angelino?). Lo mandarono a casa. Quei poveri vestiti!

In quegli anni capitò a Fusignano un frate cappuccino che chiedeva l'elemosina. Il Religioso tolse dal suo cestello di vimini una rivista e la diede ad Angelo. Era una rivista con tante figure di frati missionari. La fantasia del bambino si accese: «Voglio essere missionario anch'io: un Frate Missionario!». Sfogliava e tornava a sfogliare la rivista; diceva alla Mamma che voleva diventare Frate Missionario; lo diceva in giro. Ormai a Fusignano tutti sapevano che Angelino sarebbe andato missionario.

Beh! La Mamma provava a dirgli: «*Perché lora t'ant fë prit coma tu zeì Invernizio?*» (Perché allora non ti fai prete come tuo zio Invernizio?). Ma fu onesta e andò dall'Arciprete: «*El mi Angiulì e' dis sempar c'us vô fë frê*» (Il mio Angelino dice sempre che si vuol fare frate).

Don Paolo indicò il Collegio Serafico dei Cappuccini di Lugo. La Mamma era d'accordo. Ma il Padre? Don Paolo chiamò Primo. Anche lui era d'accordo.

La partenza di Angelino per Lugo era fissata per dopo la festa dell'8 settembre 1931, Natività di Maria Santissima, la festa *granda* di Fusignano. Nel frattempo Mamma Francesca si era premurata di far sapere a suo cognato, Don Invernizio Tasselli (1878 - 12 dicembre 1947) del solenne ingresso di Angelo Custode tra i Cappuccini.

Don Invernizio, sacerdote dal 23 dicembre 1905, era parroco di Casenove (Osimo, nelle Marche). Ogni domenica veniva nella sua parrocchia un Frate Minore del convento della Misericordia di Osimo. Don Invernizio rispose subito alla cognata Francesca: «Mandate Angelino da me. Penserò io a mandarlo in Collegio tra i frati e a pagare la retta mensile».

Quando Mamma Francesca portò questa lettera a Don Paolo, questi rimase sorpreso; neanche sapeva che Angelino avesse uno zio prete.

Ormai era tutto pronto. Tanti avevano cooperato per il corredo: c'era solo da cambiare indirizzo. Un saluto commosso alle "Signore" del corredo e l'11 settembre 1931 Mamma Francesca ed Elena accompagnavano Angelo Custode a Casenove di Osimo. Erano povere, ma dispiaceva alle due donne staccarsi dal giovanetto. Non era che volevano liberarsi di lui; e glielo dicevano: «*Se t'vu 'vnì nënca, la ca' l'è sempar averta. T'fë sempar ad ora*» (Se vuoi venire indietro, la casa è sempre aperta. Fai sempre in tempo).

«No, Mamma, ho sofferto tanto, che non torno più.»

Il giovanetto prendeva consapevolezza della sua infanzia sciupata dalla miseria, appena confortata dall'amore della Mamma, delle sorelle e dei fratelli. Ma era deciso a non farsi rubare la gioia di vivere della gente di Romagna.

Entrava tra i frati della perfetta letizia: nessuno avrebbe vinto la sua volontà indomita, niente avrebbe spento il suo sorriso, anche se ormai aveva imparato a nasconderlo sotto l'aspetto severo di uomo serio nel volto, spiccio nei modi, superficialmente temuto come un orso. Non per nulla entrando più tardi in noviziato, gli diedero il nome di San Leonardo da Porto Maurizio, il temibile apostolo della Via Crucis.

Ma presto il giovane trovò la sorgente della gioia: la preghiera. Per ore stava in ginocchio, dritto: senza muovere né testa, né spalle, le mani appoggiate sulla panca, gli occhi chiusi. Sembrava proprio un soldato, che stesse facendo la guardia d'onore a qualche personalità. Rigido come stava, non dava l'impressione di essere in estasi (nessuno l'ha pensato mai), ma di essere immerso in preghiera, sì. Confidava francamente di essere infastidito dalle distrazioni, come tutti i poveri mortali. Certo, le combatteva con quella sua volontà più vicina alla testardaggine che alla tenacia.

Un giorno si propose di recitare le Litanie Lauretane senza una distrazione; qualora ne fosse insorta una sola, avrebbe ricominciato da capo tutta la Litania. Per otto volte cominciò da capo; poi capì che ogni preghiera è un rinseccolito granello d'incenso nel turibolo ardente e profumato delle preghiere dei Santi. Ma diventa il fiume che rallegra la Città Santa e ci immerge in quella Comunione, che ci lega al Padre insieme al Figlio Gesù Cristo nell'unità dello Spirito Santo.

Un giorno, a Macao, comprenderà che nel turibolo d'oro ci sono anche le preghiere dei non credenti. Vedrà una donna, inginocchiata davanti alla porta di casa con il bambino accovacciato sulla schiena: offriva un piatto di cibo al dio della sua casa. Era inginocchiata alla porta d'ingresso, dove c'era un incavo per le candeline. Era commovente vedere con che fervore, con quanto amore pronunciava quelle parole incomprensibili. Quali sentimenti si sprigionavano da tutti i suoi gesti, da tutta la sua persona, nell'atto di offrire il cibo! Era una preghiera come quella di Anna, la madre del profeta Samuele: una preghiera capace di ottenere dal Signore il figlio desiderato.

Nell'anno di Noviziato saranno molte le ore in cui in convento si prega tutti insieme: una ragione in più per sentirsi immersi se non nella Comunione dei Santi, almeno nella convocazione dei Frati.

P. Leonardo amava pregare insieme. Qualcuno ricorda che quando, ormai anziano, viveva nel convento di Jesi, andava in cucina per aiutare la cuoca a sgranare i piselli o a sbucciare le patate. «Così» diceva alla cuoca, «mentre lavoriamo, recitiamo il Rosario.» Un partner si trova sempre per pregare: basta cercarlo.

P. Leonardo Tasselli, Sassoferrato 1932

DA SASSOFERRATO A ZARA

SASSOFERRATO – Grazie all'insistenza di Don Invernizio, Angelo era stato accettato all'ultimo momento nel convento della Pace a Sassoferrato, ma il letto per lui non era stato previsto. Stringendo i letti della lunga fila, alla fine si trovò il posto anche per lui.

E il cibo? Non era il mangiare di Romagna. Quel riso acido della sera! Quell'erba ripugnante, condita così male! Tante volte il nuovo venuto preferiva andare a letto senza cena.

Il freddo, poi! Pochi possono immaginare il gelo patito in quei quattro anni trascorsi a Sassoferrato. I dormitori immensi erano ghiacciati. P. Emidio Censori, il Rettore, alla sera lasciava aperta una delle cannelle dei lavandini, ma era inutile: al mattino pendeva un ghiacciolo.

Dopo un anno ci fu una bella sorpresa: Mamma Francesca e Lina (Elena) andarono a trovare Angelo. «Quanto sei lontano! Dove ti hanno portato, figlio mio!» disse la madre che dalla pianura di Fusignano, con treni e corriere, era arrivata a Sassoferrato, dopo aver attraversato la Gola della Rossa, lo scenario dolomitico delle rocce di Frasassi.

Si fermarono alcuni giorni alla Pace. P. Umberto Ciccioli diede il permesso di andare al Borgo per una foto di Angelo vestito da fratino. Le due donne avrebbero mostrato le foto ai parenti, ai vicini, alle signore di Fusignano.

Ai primi del dicembre 1934 il P. Rettore disse ad Angelo: «Tua Madre è all'ospedale. Desidera vederti».

Gli diede le indicazioni: «Con la corriera vai alla stazione di Senigallia. Prendi il treno, scendi a Faenza». Invece lui scese a Imola. Ma poi si sentì per telefono con Lina. Ogni giorno andava a visitare la Mamma. Lei voleva sapere come andavano i suoi studi, se era contento. Una sera, dopo l'operazione, quando l'aveva già salutata e Angelo stava per chiudere la porta del camerone, lei lo richiamò e a voce alta, in modo che sentissero anche gli altri infermi, disse: «Angelino, ricordi quando ti dicevo che ero contenta che ti facessi Prete, come tuo zio?».

«Sì, lo ricordo, Mamma!»

«Ebbene, tu fai pure quello che vuoi, perché io voglio che i miei figli facciano quello che desiderano.»

Povera donna! Avrebbe preferito vedere suo figlio prete, magari per un aiuto alla sua vecchiaia; ma era contenta che si facesse frate, aspettando tutto dal Signore. E il Signore era vicino.

Nelle prime ore del 7 dicembre 1934 morì.

Nel febbraio seguente ci furono gli esami del primo quadrimestre. Angelino prese quasi tutti nove. «Ah, se la Mamma fosse viva, come sarebbe orgogliosa del suo Angelino!»

COLFANO – Dal 14 agosto 1935 al 15 agosto 1936, ci fu l'anno del Noviziato.

Angelo Custode prese il nome di Leonardo e vestì l'abito francescano. Il suo Maestro di Noviziato era P. Enrico Santini, un vero santo. Per lui, P. Leonardo rimpiangeva che nessuno avesse cominciato la causa di beatificazione.

Un giorno tutti i novizi erano in fila, pronti per andare in chiesa. Un uomo di Campo Rotondo, amico del P. Maestro, entrò in Noviziato; appena vide P. Enrico, gli corse incontro e lo salutò, prendendolo calorosamente per le braccia. Il frate rimase per un istante senza fiato, ma si riprese subito. Tutti avevano visto che le sue braccia erano coperte da pungenti catene, un cilicio di ferro. Quell'abbraccio gli aveva carpito un piccolo gemito.

P. Enrico con sé stesso era severo; con i Novizi era paterno e anche esigente. Capiva che il cibo del convento toglieva la fame, ma lasciava l'appetito. A volte diceva ai Novizi: «Prendete una fila di pane, andiamo nel bosco». All'arrivo faceva uscire dagli anfratti della tonaca un salame, una bottiglia di vino: erano gli integratori alimentari del tempo. Altre volte accompagnava i suoi giovani da qualche contadino dei dintorni, e la merenda era assicurata.

P. Leonardo Tasselli

Un giorno il P. Maestro disse: «Fra Leonardo, domani rimarrete senza vino». Il Novizio non poteva chiederne il perché se non dopo tre giorni; allo stesso modo pure il P. Maestro non riprendeva e non puniva una mancanza se non dopo tre giorni. Finito il tempo, Fra Leonardo chiese:

«Desidererei sapere perché tre giorni fa mi ha punito con la privazione del vino a mezzogiorno».

«Non era nulla: avete fatto questo.»

«Quella mancanza non l'ho fatta io. È stato Fra... Non io.»

«Non importa, servirà a riparare altre mancanze che avete commesso, senza che io me ne sia accorto.»

Era un modo per saggiare la forza di resistenza dei giovani.

A Colfano non c'erano soltanto i frati santi come P. Enrico. C'erano anche frati semplici come P. Daniele Giovannetti (1876-1950). Di lui tutti ricordavano amabilmente quanto gli era successo nell'ultimo anno di Teologia e doveva leggere, di fronte al P. Provinciale, ai professori e ai suoi compagni, la tesi che lui steso aveva scritto in latino. Beh! In latino P. Daniele non era tanto forte; allora i compagni lo avevano aiutato e gli avevano scritto una solenne introduzione di carattere pontificio. P. Daniele cominciò a leggere: «Ego, Spiritu Sancto imbutus, ex hac cathedra loquor» (Io, imbevuto di Spirito Santo, parlo da questa cattedra).

Il P. Provinciale, P. Bernardino Amagliani (1875-1959), sbottò: «*Me cojoni!*».

Ma P. Daniele era un confratello prezioso: edificava con la sua presenza agli impegni comuni, sosteneva tutti con la sua preghiera, rallegrava con la freschezza della sua semplicità.

Ogni sera la fraternità si riuniva per la Meditazione. Un Novizio leggeva un testo per qualche minuto e poi tutti rimanevano a riflettere in silenzio per una mezz'ora. A volte il P. Maestro arrivava in ritardo per delle sue ragioni. Si avvicinava a un Novizio e chiedeva l'argomento della Meditazione. Faceva così per tener vivo l'allenamento alla preghiera, la linfa vitale del Religioso.

Fra Leonardo ricordava quanto gli era accaduto nel febbraio dell'anno successivo al suo ingresso nel collegio di Sassoferrato. Un giorno, dopo la Santa Comunione, era raccolto in preghiera di ringraziamento. Nei suoi appunti scrisse: «Sentii dentro di me una cosa tutta particolare, mai sentita prima, molto piacevole: una bellissima voce interiore. A me sembrava la voce della Madonna; molto distintamente mi diceva: "Ti piacerebbe pregare così? Verrà un giorno che pregherai così; e non morirai prima di aver pregato così".».

Quel fenomeno così gradevole del dopo Comunione durò per due o tre giorni, per quattro o cinque minuti; quindi, dolcemente, scompariva. Si ripeté un anno dopo, negli stessi giorni, in maniera più attenuata. Poi un altro anno ancora, poi più nulla.

MATELICA, MONTEPRANDONE, ZARA – In quell'anno scolastico 1936-1937 il Quinto Ginnasio era nel convento *San Francesco* di Matelica. Il Padre Maestro era P. Leonardo Bianchi Junior. Egli diceva ai suoi giovani: «Siete in cinque, non sento nessun rumore. A me sembra che sia tutto regolare e che siate disciplinati. Vedete un po' voi che tutto questo sia vero».

I tre anni di Liceo erano nel convento delle Grazie di Monteprandone. In quegli anni P. Giovanni Massi, cappellano dell'Ambasciata Italiana a Pechino, era tornato al suo paese nativo poiché molto malato. Fra Leonardo aveva l'incarico di assisterlo, quando forti attacchi cardiaci strappavano da P. Giovanni dei gemiti così strazianti, che si sentivano dalle stanze dei giovani frati. Allora Fra Leonardo accorreva per assisterlo: gli misurava la pressione, sentiva il polso, gli somministrava le medicine. P. Giovanni diceva: «Fra Leonardo mi dà sicurezza; quando ho lui vicino, mi sembra che tutto il male sia sparito». Sapeva farlo contento.

Alla fine, P. Giovanni morì dopo che Fra Leonardo era andato via per gli anni di studio di Teologia.

La nuova sede era il convento *San Francesco* di Zara (Dalmazia). L'Ordinazione Sacerdotale in quegli anni avveniva al termine del 3° anno di Teologia. Fra Leonardo venne ordinato dal vescovo di Zara, Mons. Pietro Doimo Munzani, il 14 giugno 1943.

La gente, le Terziarie di Zara, tutti sapevano che quella sarebbe stata l'ultima Ordinazione Sacerdotale dei frati italiani in Dalmazia; l'andamento della guerra era evidente. Così, non sapevano come manifestare il loro affetto e la loro gratitudine: incontri che volevano essere felici, ed erano un triste addio.

La Messa novella a Fusignano, nella chiesa Arcipretale che custodisce la *Scaranena*, la piccola immagine dell'Immacolata! Il pranzo a San Savino da zio Evaristo Tasselli! La sua casa era vicina al campo dove Angelino aveva visto un prete vestito di nero, un soldato in grigioverde, e una giovane Donna. Ora il prete era lui, vestito di marrone, ma sempre prete era.

E il soldato? Comincia la guerra?

Per il 4° anno di Teologia non fu possibile tornare a Zara. Così tutti i professori e gli studenti di Zara, sfollati a Matelica: 40 frati in aggiunta ai presenti. Ormai anziano, così P. Leonardo ricordava quell'anno: «La guerra infuriava, non si dormiva. Di notte un aereo gironzolava sopra di noi, lasciando ogni tanto cadere qualche razzo. Era sufficiente per tenere tutti svegli. Non di rado, specie al mattino, vedevamo gli aerei andare a bombardare il centro ferroviario di Fabriano e di Albacina: un'ondata di aerei, una seconda e poi un gran polverone.

«Una volta venne bombardato anche il ponte ferroviario proprio avanti al nostro convento. Molti stavano dicendo la Santa Messa; tutti scapparono sotto il campanile, che era il mio rifugio preferito nelle incursioni aeree della notte.

«La situazione era di emergenza: i giovani avevano fame, ci si arrangiava come meglio si poteva. Non v'era cibo: olio, grano, lardo. P. Antonio Antonioni, vedendosi arrivare una simile turba di Religiosi, si spaventò e diede le dimissioni da Guardiano. Al suo posto venne eletto P. Giacomo Pagnani. Il nuovo Guardiano, anziano ma esperto, fece subito un suo piano d'intervento e sparpagliò gli studenti volenterosi nelle diverse località, affidate al nostro convento per l'assistenza religiosa domenicale, per la questua.

«La campagna matelicese, gente buona e affezionata ai frati, rispose generosamente; si raccolse un po' di tutto, ma noi eravamo una quarantina; e purtroppo anche la questua non arrivava a sfamare tutti. Così ognuno di noi, studente o sacerdote, si arrangiava come meglio poteva.

«Io, non di rado, al mattino, quando gli altri erano in chiesa a cantare la Santa Messa, con la scusa di prendere un po' d'acqua calda, scendevo in cucina e dal pentolone, dove erano le patate, già cotte, per ingrassare i maiali e per avere il lardo del condimento, prendevo una brocca piena di patate, la portavo in stanza e durante il giorno mangiavo le patate, condite con sale e aceto».

ROMA – Nell'ottobre 1944 il Fronte della guerra era passato, ma era rimasta la distruzione. P. Leonardo e P. Germano Governatori furono scelti per continuare gli studi a Roma, nel Pontificio Ateneo Antoniano: il primo, in Teologia Morale; l'altro, in Storia Ecclesiastica. Partirono da Matelica con un biroccino. Passando per le montagne, le strade erano interrotte, i ponti distrutti, arrivarono a

Fabriano, sperando di trovare un treno. Niente da fare. Due camion di soldati neozelandesi li portarono a Foligno. Qui, dopo giorni di attesa, una motocicletta con un porta-carichi di rimorchio, li scaricò a Roma, in via Merulana, 124. Erano i primi studenti dopo il passaggio del Fronte e sembravano zombi.

In quegli anni a Roma vi erano Professori e Studenti di alte qualità intellettuali e spirituali. I giovani erano entusiasti della vita francescana, delle Missioni, delle Personalità che onoravano la Chiesa. Erano orgogliosi di essere i confratelli di P. Agostino Gemelli, P. Carlo Balic, P. Antonio Lisandrini, la nuova voce che squillava nelle piazze.

Il Venerabile P. Ignazio Beschin (1880-1952) era Presidente dell'Antonianum; il Venerabile P. Emanuele Chiettini (1910-1985) era Professore di Teologia Dogmatica; il Venerabile P. Agostino Castrillo (1904-1955), poi Vescovo a San Marco Argentario, era il direttore spirituale dei giovani frati, un incarico che, dopo pochi anni, riceverà il Venerabile P. Alfredo Berta della Provincia delle Marche (1886-1969).

In questo ambiente P. Leonardo visse più che mai il suo ideale missionario. Ormai tutti sapevano che lui, terminati gli studi, sarebbe partito per la Cina. La cosa serviva anche per qualche amabile scherzo. In classe P. Leonardo sedeva all'ultimo banco insieme a P. Bernardino Russo, un simpatico napoletano. Questi un giorno gli disse: «Guarda cosa hai fatto nello schienale del banco!».

Leonardo si voltò e vide la scritta: "P. Leonardo Tasselli ofm, martire in Cina".

Anche i Professori prendevano parte allo scherzo. Una volta P. Tarocchi, toscano, sospese le lezioni per fissare seriamente P. Leonardo, come per comunicargli qualcosa di importante: «Ehi! Tu, laggiù in fondo! Ricordati che se, per caso, sarai martirizzato e ti metteranno nel Breviario, io quel giorno salterò di dire la Liturgia delle Ore! Capito?».

La classe rimase per un attimo in silenzio, interdetta. Poi un fragoroso applauso mise fine allo scherzo.

P. Leonardo Tasselli, 1947

P. Leonardo Tasselli, Mons. Pietro Moretti,
P. Fortunato Tiberi, P. Quinto Fraboni
prima della partenza per Usa-Cina, Roma 20 ottobre 1947

OH! PECHINO!

L'11 ottobre 1947 il Santo Padre Pio XII ricevé in udienza un gruppo di Missionari: tra loro, con Monsignor Pietro Moretti (1888-1970) c'erano P. Leonardo, P. Quinto Fraboni (1920-2010) e P. Fortunato Tiberi (1920-1998). Pio XII li benedisse e consegnò loro il Crocifisso, la loro ricchezza, quasi unica.

Dopo aver salutato parenti e confratelli, partiti pochi giorni prima dalla stazione di Fabriano alle 3 di notte, erano arrivati a Roma alle 8:30. Il 13 ottobre avevano ricevuto le punture contro il vaiolo, contro il tifo, contro il colera e tutte le disgrazie.

Ora, a Napoli. Si uscì dal monastero di Santa Chiara con gli abiti secolari: P. Leonardo sembrava un soldato in grigio-verde. Già! Il soldato che vedeva vicino al campo di zio Evaristo. Cominciava il servizio militare? P. Leonardo scrisse: «L'abito, che ho sempre amato, ormai lo metterò solo in morte: sia fatta la volontà di Dio. Questo sacrificio è necessario e lo faccio volentieri. Altre cose dovute non mancherò di farle, perché il regno di Dio si estenda e io possa operare bene. Non sento il distacco: sono felicissimo di poter partire; sembra che debba ritornare fra qualche giorno. Il Signore mi ha sempre assistito, e ora mi assiste più che mai».

P. Quinto e P. Fortunato presero il *Marine Perech*; Mons. Moretti e P. Leonardo, il *Saturnia*, che, era da prevederlo, aveva un giorno di ritardo. I facchini del *Saturnia* erano premurosi: caricarono i pochi bagagli dei due frati, fecero auguri e scongiuri; pur essendo già pagati dalla Compagnia, cercavano di "far fessi" i viaggiatori. I frati se la cavarono con 400 lire; a qualcuno scucirono mille lire e anche di più. Le due navi partirono insieme, ma il *Saturnia* entrò nel porto di New York il 5 novembre 1947; il *Marine Perech* il 14 novembre, dopo una traversata terribile.

P. Fortunato e P. Quinto ripartirono subito per Pechino; Mons. Moretti e P. Leonardo si fermarono ancora negli Usa; contattarono parrocchie e missioni, Istituti e Personalità; si rivolsero al Card. Spellman: un serrato *fundraising* (raccolta di fondi) per il seminario, l'ospedale, la scuola, l'orfanotrofio, i catechisti, tutto il personale e le opere della Missione dei frati marchigiani in Cina.

Il 24 aprile 1948 lasciarono gli Usa. Si partiva da San Francisco, si toccava il Giappone, Shanghai. Mons. Moretti si fermò qui; doveva parlare con l'Internunzio Mons. Riberi e altre Autorità.

P. Leonardo Tasselli sulla nave in viaggio per la Cina da S. Francisco, aprile-maggio 1948

Il 18 maggio 1948 P. Leonardo arrivò a Pechino. Ricordava: «Vado alla Domus Franciscana dove trovo P. Fortunato e P. Quinto, già ben avviati nella lingua cinese e benvoluti».

La Domus Franciscana era circondata da tanti laghi, sulle cui sponde c'erano dei campi coltivati a riso. A maggio il riso era già alto. Molte persone passeggiavano, molte donne avevano abiti celesti: il simbolo dell'Impero Celeste. Certe vecchiette passeggiavano con il ventaglio in mano, i capelli bene acconciati e ben vestite. Avevano piedini piccolissimi; i tre religiosi guardavano incuriositi quei piedini, di cui avevano sentito tanto parlare. P. Quinto Fraboni si avvicinò e disse a P. Leonardo: «Non guardare i piedini delle donne e se lo fai, almeno non farti vedere. È sconveniente per i Cinesi guardare i piedi di una donna; i Cristiani se ne confessano».

Poco dopo P. Quinto attirò l'attenzione dei due confratelli: c'era un cane che stava mangiando un bambino tra l'indifferenza di tutti. «Non può essere» disse P. Leonardo. Purtroppo si voltò e là, in mezzo al riso, c'era un cane che divorava un bambino già morto.

Quando raccontò la cosa a Mons. Focaccia, Vescovo di Yutze e poi martire, P. Leonardo si sentì dire: «Non t'impressionare, dovrai abituarti a queste cose. Il mio cane quasi ogni giorno mi portava a casa un osso di bambino. Già lo masticava prima di nasconderlo. Lo mettono da parte per i giorni di magra!».

Il lunedì seguente cominciò lo studio della lingua cinese. Il maestro era Tien; non era cristiano, era serio ed era un buon catecumeno.

Giovedì era la festa del Corpus Domini.

In Cattedrale, partecipavano il Card. Tien, moltissimo clero e popolo; si teneva la grande, prima processione pubblica del Corpus Domini. La processio-

P. Leonardo Tasselli
studente di cinese, Pechino
Domus Franciscana 1948

ne, ordinata, bella e caratteristica, riuscì oltremodo lieta, più bella che se fosse stata in una nazione cattolica. L'entusiasmo era alle stelle: la Cina apriva le braccia al Signore Gesù.

Il primo giugno era l'onomastico di P. Fortunato. Si fece una festicciola. Con loro c'era anche P. Gabriele Allegra, presidente della Commissione Biblica Francescana.

P. Leonardo Tasselli, P. Gabriele Allegra,
P. Fortunato Tiberi, P. Quinto Fraboni, Pechino
Domus Franciscana 1948

P. Allegra raccontava come i suoi quattro assistenti o cooperatori – i francescani P. Luigi Liv, P. Solano Lee, P. Bernardino Lee e P. Antonio Lee – lavorassero con vero amore e con impegno. Grande contributo personale apportavano nel grande lavoro: erano stati da lui educati e ora lavoravano con amore.

È da notare, però, che tutto l'Antico Testamento è stato tradotto prima dal solo P. Gabriele Allegra; ora, con i suoi quattro cinesi, P. Allegra rivedeva il suo testo e vi poneva le note critiche.

Nonostante il contributo dei quattro Francescani Cinesi, l'opera rimaneva invariabilmente esclusiva di P. Allegra. L'umiltà di P. Allegra era così grande da non premettere il suo nome ai volumi, che uscirono con la sola dicitura di Istituto Biblico Francescano. Lui diceva che il suo nome non avrebbe aggiunto niente di nuovo; anche così Dio è glorificato.

Nonostante le grandi contrarietà incontrate, e che continuamente sorgevano per positiva opera di satana, P. Allegra aveva la ferma e incrollabile fiducia di finire il suo arduo lavoro.

Il suo sostegno, oltre alla fiducia in Dio, erano le parole dette da sua cugina di quarto grado, Ven. Lucia Mangano (Tre Castagni, 8 aprile 1896 - 10 novembre 1946, San Giovanni la Punta). «La Serva di Dio disse parole che mi confortano» confidava P. Allegra, senza specificare oltre.

Un grande sostegno erano state anche le parole che Pio XI aveva detto a Mons. Raffaelangelo Palazzi ofm. Quando questi rivelò al Papa che un Padre Francescano aveva cominciato a tradurre la Bibbia in cinese, Pio XI chiese: «Dite sul serio?».

«Santità, certamente.»

«Questa è la più bella notizia che io ho avuto in questi ultimi due anni del mio Pontificato. Io non avrò la fortuna di vedere l'opera compiuta, ma dite a quel Padre che io pregherò per lui dal cielo» seguitò il Pontefice Pio XI. «Incontrerà molte difficoltà; ma perseveri, il Signore lo aiuterà. Che occupazioni ha in missione?»

«È direttore dell'Istituto Biblico Francescano» rispose il Vescovo.

«Lasciatelo completamente libero» replicò il Papa, «affinché possa attendere alla sua opera. Andate a Propaganda Fide e, a nome mio, ditegli che vi aiutino.»

Il Vescovo Palazzi andò a Propaganda Fide. Qui però gli fu risposto: «Il Pontefice ha parlato *ex abundantia cordis*. Non possiamo aiutarvi».

Eppure il Pontefice aveva anche detto: «Si sono spesi milioni e più, per tradurre la Bibbia nella lingua del Madagascar, dove ci sono pochi milioni di abitanti; quanto meglio per un popolo di 450.000.000?».

Ci furono delle scuse, dei ripensamenti; qualcuno propose di affidare la traduzione a una Commissione. P. Allegra osservò che una Commissione avrebbe ritardato il lavoro, o forse lo avrebbe rovinato. Si sa! Cosa fa una Commissione incaricata di migliorare la sagoma di un cavallo? Trasforma il cavallo in un cammello.

Anche la politica è capace di coprire di nuvole un cielo azzurro, pieno di sole e di speranza.

25.07.1948 – Annotava P. Leonardo: «Da Tai-yan-fu con un aèreo sono arrivati con Mons. Focaccia, Vescovo di Yutze, trentuno missionari, che hanno dovuto abbandonare le loro missioni: i Rossi hanno molto avanzato. Tai-yan-fu è circondata. Yutze occupata; si aspetta che fra poco Tai-yan-fu cadrà in mano dei Rossi. Se cadrà Tai-yan-fu, dopo sarà la volta di Pechino. I seminaristi di Tai-yan-fu sono stati portati a Hong Kong, dove ora studiano».

Non c'era da farsi illusioni, stava per cominciare un nuovo anno scolastico. P. Gabriele Allegra lasciava Pechino per andare a Hong Kong, dove era la nuova sede dello Studio Biblico Francescano.

Radio Shanghai annunciava che i Rossi avevano preso Tungelow. Non ci si aspettava una simile improvvisa caduta. I giornali dicevano che i Nazionalisti stavano ricacciando i Rossi; ma queste erano favole.

Saluto a P. Allegra che va a Hong Kong, Ambasciata d'Italia a Pechino 18 settembre 1948

Ottobre 1948. Il primo anno di vita missionaria era terminato.

«È un anno che sono partito dall'Italia. Sempre il medesimo ardore e la medesima fede. Per Cristo vincere e morire, seguire le orme del B. Giovanni da Montecorvino.»

Il Padre Superiore della Domus Franciscana avvisò di tenersi pronti fra il 15 e il 30 novembre: Pechino era in pericolo.

Il 16 novembre 1948 partirono una ventina di studenti. P. Leonardo era indeciso; dopo aver pregato, interrogò il Signore. Aprì il Breviario e ricevé due risposte:

1 - «Padrone, non hai messo del seme buono nel terreno? Come mai è spuntata la zizzania? Un nemico ha fatto questo».

2 - «Cambierò il loro lutto in gioia».
Alla Domus Franciscana rimasero i Superiori, i tre giovani frati marchigiani, tre romani, un veneto; gli altri 25 partirono.

Pechino dopo l'8 novembre 1948:
i rimasti alla Domus Franciscana dopo la partenza
di ottanta missionari con l'aereo per Shanghai

Il 13 dicembre 1948 – Cominciò la battaglia intorno a Pechino. Si sentivano i cannoni e le mitragliatrici. Mancavano luce e acqua; la posta era interrotta. I Pechinesi erano spaventati: non immaginavano una situazione simile.

Il 21 dicembre il Presidente Chan-Kai-Shek venne sostituito dal Generale Li. Si fece l'armistizio. Tornò una qualche tranquillità, ma nessuno si illuse.

I superiori dell'Ordine Francescano comunicarono la creazione del primo Commissariato Francescano Cinese; praticamente era una nuova Provincia con a capo P. Pacifico Ly e i Consiglieri tutti cinesi (14 dicembre 1948).

Il 31 gennaio 1949 entrarono a Pechino duemila uomini della Polizia Comunista. I soldati nazionali lasciarono la città.

L'Università Cattolica cominciò la scuola, ma i professori non potevano insegnare: gli studenti cinesi erano partiti. I giovani sacerdoti cinesi avevano abbandonato in massa lo studio, preferendo non laurearsi piuttosto che essere forzatamente imbevuti di una dottrina non voluta. I Rossi si avvicinarono alla Domus Franciscana: volevano sapere quanti erano gli inquilini, come venivano i denari, quante erano le stanze libere. Cercavano di occupare la Domus, si capisce. Intanto la tenevano sotto controllo.

Raccontava P. Leonardo: «Ormai la Domus Franciscana era quasi vuota. Gli studenti di lingua cinese, partiti per altri lidi: chi in Giappone, chi in Nuova Guinea, chi nelle Filippine. A Pechino eravamo rimasti noi tre delle Marche e tre giovani missionari di Tay-yan-fu, un gruppo di vecchi missionari, arrivati da ogni parte della Cina, specie dal Nord.

«Io ero incaricato della custodia della nostra Cappella. Una sera andai a chiuderla. Ero quasi arrivato, quando, con un sibilo tutto particolare, sentii passare vicino al viso una pallottola. Le foglie delle piante avevano reso più sensibile il tragitto della pallottola. Il bersaglio ero sicuramente io. Il soldato, che controllava dal muro la nostra resistenza, aveva visto un'ombra e aveva sparato. Mi affrettai a chiudere la Cappella e ritornai nella mia stanza. La lotta allo straniero era iniziata; lotta celata, insensibile, ma in progresso, in modo da costringerlo ad andarsene, o a morire d'inedia».

P. Leonardo Tasselli, Macao 1951

MACAO

I primi di luglio 1949 arrivò un telegramma: Tasselli e Fraboni dovevano andare a Macao. Poi P. Quinto Fraboni ottenne di restare a Pechino insieme a P. Fortunato; sarebbero stati ospiti dei Salesiani. P. Leonardo, dopo molte attese, file umilianti, interrogatori interminabili, poteva iniziare il viaggio per Macao. Via Hong Kong si andava con la nave Norvegese *Daviren*.

I passeggeri della nave erano Comunisti Cinesi, che andavano a Hong Kong per commercio. Erano veri Comunisti, fanatici. Il comandante della nave era norvegese, ma tutto l'equipaggio era cinese. Gli unici stranieri erano due: P. Leonardo e un Pastore protestante australiano.

Raccontava P. Leonardo: «Nel salone da pranzo avevano disposto che io occupassi il posto d'onore. Con me, nella mia cabina, dormiva un simpaticissimo vecchietto, anche lui Comunista come gli altri, ma senza fanatismo. Una sera me lo vidi venire dentro la cabina a un'ora per lui insolita; sommessamente mi disse: "Shen-fu (Padre), quando di notte io non sono in cabina, chiuda a chiave, perché hanno deciso di gettarla in mare!".

«Eseguii scrupolosamente il consiglio, tanto più che durante il giorno avevo osservato cinque grossissimi pescecani, che navigavano, seguendo la nave, verso Hong Kong. Erano veloci e nelle loro capriole uscivano dall'acqua, arrivando quasi all'altezza del parapetto della nave. Io, impaurito, mi spostavo verso l'interno della nave. Se mi avessero buttato in mare, sarei stato un pasto fuori orario ed eccezionale per quei mostri, anche se in quel tempo non ero molto grasso.

«Dopo quell'avviso, smisi di passare ore e ore al parapetto a osservare il mare, i pesci. Ero sempre solo: sarebbe stato troppo facile venir dietro le mie spalle e giù! Chi se ne sarebbe accorto? Nessuno avrebbe mai saputo la verità. Scomparso! non si sa come.

«Se quel vecchietto non mi avesse avvisato e se i Comunisti avessero compiuto il loro progetto, sarei stato martire? Sì? Allora quel vecchietto non mi ha fatto un bel servizio».

Il 10 settembre 1949 P. Leonardo fu presentato al Delegato Vescovile: avrebbe insegnato Teologia Morale e Diritto Canonico nel Seminario Regionale di Hong Kong, per ora trasferito a Macao.

Macao è una grande città sulla costa meridionale della Cina; dista 60 km da Hong Kong. In quegli anni, e lo sarà fino al 1999, la città era amministrata dal Portogallo; per questo i superiori dell'Ordine Francescano decisero di spostarvi il Seminario Regionale di Hong Kong, in cui erano confluiti anche i seminaristi di Chi-nan-fu (Shantung) e Tai-yan-fu, la missione affidata ai frati delle Marche.

La Diocesi e il Seminario di Macao accolsero generosamente i tre seminari, mettendo a loro disposizione il "Collegio San Giuseppe". Era quanto avevano di meglio.

Purtroppo i locali non erano sufficienti per tutte le necessità: ma un tetto e l'indispensabile c'erano.

Collegio di S. José, Macao 1951

Raccontava P. Leonardo: «Al mio arrivo a Macao abitai a Calcada do Paiol, 21, una piccola casa, dove abitava il Delegato Generale. Era posta nella parte opposta del Collegio San Josè. Per andare a far scuola dovevo attraversare tutta la città di Macao.

«Il 28 settembre 1949 fui trasferito nel Collegio di San Josè. La mia stanza (due metri per cinque) era composta da sei grandi porte a doppia anta. Sopra, per soffitto, un graticcio formato da stanghette incrociate. Di notte sentivo le interminabili corse dei topi e spesso qualcuno cadeva sulla mia faccia. Niente di male, scappava via di corsa! Al mattino trovavo qualche incauto topino: si era arrampicato sul mio catino e vi si era affogato. Ho sentito magnificare i letti con cuscini di legno dei Santi.

«Nella maggior parte dell'anno il caldo a Macao era soffocante; le stanze, e specie la mia stanza, posta avanti a un cortiletto in cemento armato, venivano inondate da cocenti vampate di calore; così dormivo su un tavolo e per cuscino avevo un pezzo di legno quasi rotondo. Dopo le prime notti e i primi giorni, finii per considerarlo un buon letto».

Tra le attività dei sacerdoti, che insegnavano in seminario, c'era quella della celebrazione quotidiana della Santa Messa nelle numerose Case di Suore, presenti a Macao.

P. Leonardo andava spesso nella Casa di Noviziato delle Francescane Missionarie di Maria in cui alloggiavano 80 novizie. Per arrivarvi, passava per le strade più illuminate, evitando le stradine più buie. Gli succedeva di incontrare gruppetti di uomini sfaccendati che si schiarivano la gola, per attirare l'attenzione del Sacerdote, e poi gli sputavano addosso. Era uno scherzo, sì, ma di un gusto molto stomachevole.

Macao era una città libera, ricca di commerci e giochi d'azzardo, spionaggio e prostituzione. «Un giorno» ricordava P. Leonardo, «parlavo con la Superiora delle Suore Canossiane in una stanzetta vicino alla porta d'entrata; osservavo che ogni tanto entravano delle ragazze che tenevano nelle braccia un fagotto. La Madre, vedendo che osservavo attentamente quelle ragazze, mi disse: "Padre, vuol vedere che cosa portano quelle ragazze nel fagottino?". Sì, risposi.

«La Madre ne fece entrare una e, sciogliendo il fagottino, ne venne fuori una creaturina solo ossa; non dico pelle e ossa. Io non capivo come stessero insieme quelle ossa! La Madre mi disse: "Le nostre ragazze vanno per le case e si fanno consegnare queste creature, votate alla morte. Le prendiamo, le battezziamo. La maggior parte muore e va a unirsi agli Angeli in cielo; un 20% riesce a sopravvivere. Sono le bimbe del nostro orfanotrofio".»

In una simile città era facile incontrare dei ladri. Ciò avveniva anche a Hong Kong. Il Beato Gabriele Allegra quando, in tram o in filobus, o camminando per la strada, veniva alleggerito del portafoglio, diceva: «Oh! Poveretto, avessi saputo! Vi avrei messo dentro qualche cosa di più. Chissà quanto bisogno aveva! Forse era un padre di famiglia, che non aveva nulla da dare ai suoi figli! Meschino! Vi era tanto poco nel portafoglio!».

Ma a Macao non si nutrivano proprio questi sentimenti! Molto spesso tutte le pentole della cucina sparivano! Non di rado i ladri si affacciavano all'improvviso. Sporgendosi dalle finestre, che davano sulla via, si vedeva comparire una certa faccia! Bisognava urlare, per vederli fuggire.

L'attività di P. Leonardo era quella di insegnare Morale e Diritto Canonico ai Seminaristi di Teologia. Si era laureato in queste Discipline a Roma nel Pontificio Ateneo *Sant'Antonio*.

Qualche suo studente ricorda ancora la sua maniera di insegnare il Diritto Canonico. Leggeva, o faceva leggere da uno studente, l'articolo del Codice Canonico e poi lo commentava brevemente con molta chiarezza. Si faceva capire. Era ben diverso da altri professori, preoccupati più di mettere in evidenza i sotterfugi e gli inganni giuridici che di far comprendere la norma della legge, di modo che gli studenti capivano poco; ma se talvolta dalla faccia rasserenata lasciavano trapelare di aver afferrato qualcosa, erano subito messi in guardia: «Non crediate che sia così semplice!». Lex, dura lex!

Seminaristi e professori davanti alla chiesa del Collegio di S. José, Macao 1° novembre 1952

Prima Carlo, poi Beniamino

Oltre che nelle aule scolastiche, P. Leonardo aveva molte occasioni di incontrare i seminaristi. Così raccontava: «Una sera scendevo per le scale che portano al coro della chiesa. Un seminarista era all'harmonium; leggeva attentamente le note. Gli chiesi: "Come ti chiami?". Lui evitò la domanda. Io insistetti e lui, birichino, rispose: "È un nome molto comune".

"Giuseppe?"

"No."

"Pietro, o Paolo?"

"Non i patroni di Roma, ma di Milano."

"Ambrogio, Carlo Borromeo?"

"Ecco, Carlo! Carlo Leong."

«Ebbi occasione di vedere molte altre volte questo giovane. Frequentava il primo anno di Filosofia. Ogni giovedì e ogni domenica veniva a suonare il pianoforte, che era nel teatrino. Spesso andavo a parlare con lui; gli chiedevo del seminario, dello studio. Anche lui era contento di chiacchierare con me. Per il Natale 1950 Carlo, insieme a suo fratello Luca, mi inviò un'immaginetta: "Buon Natale e auguri per il Capo d'Anno 1951. Oremus pro invicem".

«Più volte avevo pensato di sondare il pensiero di questi giovani sulla vocazione religiosa. Era voce corrente: i Seminaristi vedevano di buon occhio i Francescani e li amavano. Ormai ero convinto di non avere un futuro in Cina. Avevo già chiesto di tornare in Italia. Mi decisi perciò a fare a Carlo Leong la proposta di entrare nell'Ordine Francescano. Così gli confidai il mio sogno.

«È indispensabile, per la conversione totale della Cina, un Centro Cattolico che sia propulsore dell'attività missionaria e che dia ai missionari tutti quegli aiuti di libri, scienza, metodo di propaganda, necessari alla diffusione della fede. Pensavo sempre a un Centro Cattolico che desse vita a ogni iniziativa immaginabile, possibile: che, per sezioni, si adattasse a ogni ceto di persone; che studiasse ogni metodo di penetrazione, ne indicasse la possibilità pratica di attuazione. Un Centro Cattolico, insomma, che pensasse ai Seminaristi e all'ultimo pagano, agli ignoranti e alla classe colta, che potesse penetrare ovunque e sempre; e per ogni strato sociale avesse un metodo e un argomento irresistibile.

«Queste idee, che avevo sempre macinato dentro di me e che, nonostante qualunque fallimento, un giorno avrei voluto attuare, dopo la festa dell'Immacolata, tra il 14 e il 16 dicembre 1951, le manifestai a Carlo Leong. Su due piedi gli proposi di unirsi a me nell'attuazione.

«Sapevo di avere colto nel segno, tuttavia Carlo Leong evitava di dare una risposta precisa alla mia proposta. Mi diceva che avrebbe lavorato per vedere se poteva trovare tra i Seminaristi qualcuno adatto per me. Io gli dissi chiaramente che la proposta era rivolta a lui e a lui solo. Ci lasciammo da buoni amici. Capii che la mia proposta gli era piaciuta al massimo, e che la mano di Dio ci guidava.

*I due fratelli seminaristi
Luca e Beniamino Leong,
Macao*

«Una sera, dopo le feste natalizie, gennaio1951, Carlo Leong viene nella mia stanza. Si siede; mi chiede cose indifferenti, ma capisco che è venuto per un altro motivo. Gli domando: "Qual è la tua decisione?".

«Carlo, con parole chiare, proferite distintamente, mi dice che è volontà divina che lui entri nell'Ordine Francescano e si associ a me nell'opera che gli avevo descritto.

«Fu in questa occasione che mi raccontò come durante la novena del Santo Natale avesse molto, ma molto pregato sulla mia proposta. Il pensiero dominante di tutta la novena era stato appunto quella proposta. Come poi mi dirà dopo la sua vestizione, in quella novena fece pregare tutti i suoi seminaristi minori per la sua intenzione: conoscere la volontà divina e avere la forza di prendere una decisione seria».

Si trattava ora di ottenere il permesso dai Superiori.

Il 9 gennaio 1952 P. Leonardo ricevé una lettera da Hong Kong. Mons. Pietro Moretti, Prefetto Apostolico della Missione di Tungchow nello Shensi, affidata ai Frati Minori delle Marche, era stato cacciato dalla Cina insieme a P. Augusto Taddei (1888-1961). I due frati erano stati in prigione per sei mesi in una stalla; ne venivano fatti uscire per i lavori forzati e per essere scherniti dalla soldataglia comunista. Finalmente erano stati condannati a morte come imperialisti reazionari e criminali. Poi la pena era stata commutata con l'espulsione e l'esilio in perpetuo dalla Cina: il 25 dicembre 1951, Santo Natale.

P. Leonardo Tasselli insieme allo spagnolo P. Wols al molo di Macao, 1951

Ora a Hong Kong aspettavano di poter tornare in Italia.

P. Leonardo aveva deciso di partire il 25 febbraio con un'altra nave, ma accettò di tornare in Italia assieme ai due confratelli. Andò a Hong Kong e il 26 gennaio 1952 i tre iniziarono il viaggio di ritorno.

Quanto entusiasmo nell'andata in Cina! Ora la tristezza e la delusione del ritorno. Un ideale, tanto amato e sognato, veniva spezzato e chissà se mai più avrebbe potuto risorgere.

Molto più di P. Leonardo erano rattristati Mons. Pietro Moretti e P. Augusto Taddei. Avevano lasciato il loro gregge, il loro campo di apostolato, in mano a lupi rapaci. Tutto il lavoro della loro vita veniva barbaramente sepolto!

Appena la nave iniziò il ritorno, P. Leonardo cominciò a sentire per tutto il corpo, ma specie nelle braccia e nelle

P. Leonardo Tasselli, P. Gabriele Allegra,
Mons. Pietro Moretti, P. Augusto Taddei, P. Tarcisio Benvegnu,
Hong Kong Studio Biblico Francescano 1952

Viaggio da Hong Kong a Marsiglia
dal 26 gennaio 1952 al 20 febbraio 1952

mani, un certo prurito; la pelle, come una velina, si staccava dal corpo in modo molto evidente. Sapeva che un simile fenomeno può accadere, ma in quella circostanza pareva singolare. Era sorto così all'improvviso e in modo così totale, che dava da pensare.

Quel piccolo prurito disturbava. Ne parlò con Mons. Pietro Moretti che, molto seriamente, senza nessuna esitazione e senza nessuna intenzione di scherzare, disse: «Ma non sai? Questo tuo fenomeno è il segno che la grazia di Dio ti viene tolta, se ne va. Finora avevi bisogno di una particolare protezione: ora che parti, non hai più bisogno di quelle grazie dello stato missionario; e quindi se ne vanno. Il Signore te lo manifesta in questo modo singolare».

Il 22 febbraio erano a Falconara. La missione era finita, ma il discorso con Carlo Leong si era concluso con un impegno. P. Leonardo ne parlò con il Ministro Provinciale delle Marche, P. Armando Quaglia, e subito il 26 febbraio 1952 partì la lettera in latino! Naturalmente P. Quaglia, laureato in lettere all'Università Cattolica, sapeva ben scrivere delle lettere, anche in latino. Noi leggiamola in italiano:

Caro figlio,
con grande gioia abbiamo ricevuto da P. Leonardo Tasselli, nostro carissimo confratello in Cristo e in San Francesco, la notizia del tuo proposito di intraprendere la vita francescana. Ce ne rallegriamo con te, rendiamo grazie a Dio, pregando il Signore Nostro Gesù Cristo di portare a compimento il tuo proposito.

Qui tutto è pronto per te, presso i nostri frati: una gioiosa familiarità, gli aiuti e tutto il necessario per affrontare la nuova vita, sia nel cammino spirituale che scolastico, in modo che nulla ti manchi.

*La benedizione serafica sul tuo arrivo, che auguriamo
che avvenga al più presto possibile.
Falconara, 26 febbraio 1952
P. Armando Quaglia, Min. Prov.le*

Ma agli altri due frati rimasti a Pechino, P. Quinto Fraboni e P. Fortunato Tiberi, che cosa era successo?

P. Quinto fu cacciato anche lui, ma poi tornò tra i cinesi: fino alla morte, lavorò instancabilmente a Taiwan.

P. Fortunato invece si oppose con impeto al nuovo
Governo di Mao, rispondendo a testa alta agli interrogatori, contraddicendo la teoria Marxista, tanto che le
Autorità Comuniste intuirono la sua grande personalità
e lo sottoposero al lavaggio del cervello; lo rimandarono in Italia, sicure di avere fatto di lui un loro emissario.
E infatti, una volta tornato tra i frati, P. Fortunato ragionava come un Comunista. Scrisse anche un libro: *Come
divenni Comunista*.

P. Antonio Lisandrini, celebre predicatore in quegli anni
roventi, gli si mise a fianco, non solo prendendosi cura di
lui, ma anche spalleggiando quanto P. Fortunato andava
dicendo: «L'Imperialismo! Per esempio. Perché l'America spadroneggia sugli altri Stati nelle basi militari?».

«Certo» interveniva P. Lisandrini, «ognuno dovrebbe
stare a casa sua, non occupare il territorio degli altri, della
Polonia, dell'Ungheria, per esempio.»

«Il Comunismo è il partito dei Lavoratori.»

«È giusto che i Lavoratori siano rispettati, pagati, non
condannati ai lavori forzati. Dovrebbero essere trattati
come i Dirigenti, come i Capi del Partito.»

«La libertà! Uno deve essere libero di esprimere la sua
idea, di andare dove vuole senza un controllo poliziesco.»

«È così, infatti! Non ci dovrebbe essere un giornale

solo, magari bello come la *Pravda* (La Verità); e non si può mandare a morte uno che la pensi diversamente!»

«La Pace! Il Comunismo vuole la pace!»

«È vero, il mondo vuole la pace: c'è bisogno di scuole, di ospedali! Altro che Piano Quinquennale per gli armamenti!»

In poche parole presto gli occhi di P. Fortunato si aprirono, confrontando la dottrina, di cui lo avevano imbevuto, con la realtà di quanto avveniva.

Nei mesi seguenti Carlo venne in Italia.

Il 3 ottobre 1952 P. Armando Quaglia gli diede i "panni della prova". Carlo prese un nome nuovo: Beniamino, figlio della destra, della benedizione. Cominciava il Noviziato nel convento di Monte Mesma (Novara) nella Provincia Piemontese dei Frati Minori, la Provincia di tanti missionari francescani, martiri per la fede: Santo Stefano da Cuneo, San Gregorio Grassi, San Giuseppe M. Gambaro.

Insieme al partner del progetto "Centro Cattolico" entrarono tra i Frati Minori delle Marche due altri giovani cinesi: Fra Gian Battista Tsè e Fra Bonaventura Tung.

Era tempo di provvedere al sostegno economico del Centro Cattolico.

P. Beniamino Leong, 1953

FIRMA DEL TITOLARE ✗ *Angelo Tasselli*

Falconara *li* 25.8.53

IMPRONTA DEL DITO
INDICE SINISTRO

IL SINDACO

P. Leonardo Tasselli

FALCONARA MARITTIMA ANCONA

Il lupo perde il pelo, ma non il vizio, dice il proverbio. P. Leonardo aveva perso tante scaglie della sua pelle nel viaggio di ritorno, ma l'ardore del missionario, l'immaginazione visionaria del suo progetto continuavano ad animarlo.

Non si rendeva conto che le forze fisiche lo avevano abbandonato. Era così macilento che, solo dopo alcuni anni, alcune Terziarie Francescane ebbero il coraggio di dirgli che si aspettavano che morisse da un giorno all'altro. Anche P. Quaglia se ne accorse e lo consigliò di andare un po' in famiglia, da suo padre, dalla sorella Lina a Lugo, dalla sorella Tina a Cernusco nel Naviglio (Milano), dal fratello; in modo da rimettere un po' i piedi per terra e la testa tra la gente.

I confratelli delle Marche avevano fatto festa ai tre eroici frati, tornati dalla Cina; avevano preparato una grande celebrazione con una Messa solenne nella loro chiesa di Sant'Antonio. Mons. Moretti aveva presieduto la celebrazione, P. Leonardo aveva pronunziato un discorso così grandioso che poi, a pranzo, P. Biagio Anastasi (1913-1984) gli aveva chiesto: «Ma in che lingua parlavi? Parlavi in cinese, inglese, in latino, in francese, e perfino in italiano!».

I Tre dovevano rimettersi a fuoco non solo nella lingua, ma anche nel comportamento. Quei Tre stavano spesso insieme. Si vedeva che erano come tre pulcini fra la stoppia, fuori dal loro habitat. I frati ne ridevano; loro Tre non capivano perché.

A trovare il coraggio di dir loro il perché, fu P. Biagio che, quattro anni addietro, era stato uno degli oratori più brillanti nella campagna elettorale prima delle elezioni del 18 aprile 1948. Nelle piazze delle Marche e delle Regioni vicine teneva discorsi, affrontava il Contraddittorio con i Comunisti, che non sempre riuscivano a controbattere. A volte l'unica loro scappatoia era l'insinuazione: «Voi frati dite che non vi sposate e poi cimentate le mogli degli altri».

«Voi Comunisti, quando non avete niente da dire, vi attaccate alla bassa volgarità. Marisa! Sono stato mai con te?»

Era facile che una Marisa fosse presente tra il pubblico. C'era! E rispose: «Magari!».

Ebbene, P. Biagio disse ai Tre pulcini: «Ma cosa avete, voi cinesi, che, quando parlate, fate delle moine, tutte quelle mossette, quegli inchini, quei gesti! Vi sembra di stare ancora a Pechino?».

Così i Tre compresero e gradualmente tornarono a vivere come gli italiani.

«Poveri i miei soldi!» ripeteva ogni tanto Mons. Moretti. «Tanti viaggi per gli Usa con P. Leonardo, tante suppliche per provvedere alla Missione di Tungchow, e non esserci neanche potuto arrivare!»

Si consolava con la preghiera: con il Rosario in mano camminava senza posa per l'orto di Falconara. Al tempo dell'uva si accostava più volentieri ai filari, dove aveva individuato le viti del moscatello.

Un giorno Monsignore era desolato: non trovava più il Crocifisso del suo Rosario. Fra Dante Bucarini (un bel tipo!) gli disse: «Dove vuole che abbia perduto il Crocifisso, Monsignore? Sicuramente sotto la vite del moscatello».

Fra Dante uscì dal refettorio e ne ritornò subito tutto contento.

«Ecco il Crocifisso, Monsignore!»

Povero Mons. Pietro Moretti! Morirà a Sassoferrato il 22 gennaio 1970, ricordando la sua Missione, rimpiangendo di non essere stato "degno di versare il sangue per testimoniare la fedeltà a Nostro Signore Gesù Cristo".

P. Augusto Taddei aveva ancora 63 anni, quando tornò dalla Cina; ma la prigionia lo aveva troppo logorato. Nel 1954 fu colpito da paralisi; non si riprese. Chiuse gli occhi nella Casa di Riposo di Pollenza nel 1961.

Tutti i missionari marchigiani espulsi dalla Cina
riuniti a Falconara Marittima il 24 maggio 1953

Invece P. Leonardo riprese le cose da dove le aveva lasciate prima di partire per la Cina. Aveva scritto la tesi di dottorato su P. Pietro Marchant (Couvin, Belgio 1585-1661 Gand), un moralista ofm autore del *Tribunale Sacramentale, Esposizione Completa della Teologia Morale a Uso dei Confessori*. Chiese di andare in Belgio per consultare archivi e biblioteche, in vista della pubblicazione della tesi. Fraternizzò con i frati di quella nazione, tanto che uno di loro si divertiva a chiedergli chi fosse stato in quel giorno il vincitore della tappa. A luglio infatti c'era il Giro di Francia e le prime tappe furono vinte da ciclisti belgi.

Quando il Giro arrivò alle Alpi, di colpo Fausto Coppi vinse la tappa e prese la maglia gialla. E quella sera il confratello non chiese più: «Mon Père, qui a gagné l'étappe aujourd'hui?».

Fu P. Leonardo a chiederlo al Confratello Belga, ma questi non rispose: si era a refettorio, aspettando in silenzio il P. Guardiano. Il silenzio va rispettato.

Dopo più di tre mesi P. Leonardo tornò a Falconara con una valigia di appunti su P. Marchant. Ma poi non ne fece niente.

L'idea del Centro Cattolico era sempre viva; la preoccupazione di trovare un sostegno economico era un pungolo costante. "*Mamma mia, dammi cento lire che in America voglio andar...*"

Cinque anni prima P. Leonardo c'era stato in America. Ormai conosceva metodo e istituzioni per avviare un *fundraising* efficace.

Venne l'occasione buona quando il Ministro Provinciale dell'Immacolata Concezione negli Usa chiese al Ministro Provinciale delle Marche due frati per la cura spirituale degli Italiani emigrati in quella nazione. Avvenne che dei due frati scelti per l'America, uno partì: era P. Angelo Mazzini (1904-

1985) e vi rimase 17 anni. L'altro era P. Leonardo, che ottenne l'Obbedienza del Ministro Generale; ma, essendo stato in Cina, ebbe difficoltà burocratiche dal Consolato Americano.

Nel frattempo i frati delle Marche si riunirono in Capitolo ed elessero Ministro Provinciale P. Pietro Mariani. P. Leonardo fu scelto come Segretario Provinciale: un modo come un altro, intuiva lui, per dire che il Centro Cattolico in Estremo Oriente non interessava più; non c'era più bisogno di andare in America; magari una catena di Sant'Antonio la cerchiamo in Italia.

«Il Signore, che vede meglio di noi, aveva già incaricato un altro per il Centro Cattolico in Estremo Oriente. Io non cessavo di dirglielo al Beato P. Gabriele Allegra: "Per confondere e annientare il Comunismo ci vuole un Centro Cattolico".»

Questo, P. Allegra lo sapeva bene: Don Luigi Sturzo glielo aveva detto in una conversazione privata del 21 novembre 1955: «Le idee storte si combattono con le idee giuste». Il Beato Gabriele Allegra, con la Fondazione dello Studio Sociologico a Singapore, realizzò il sogno di P. Leonardo. Nella sua fraterna bontà, P. Allegra teneva informato P. Leonardo del procedere dello Studio Sociologico di Singapore; gli mandava gli esposti che inviava al Ministro Generale.

Così P. Leonardo entrò nel rango dei frati *peones* delle Marche: lavorò nella Curia Provinciale come Segretario, celebrazione della Santa Messa a disposizione del P. Guardiano con preferenza delle suore Canossiane di Colle Ameno, assistenza ai Terziari Francescani a livello locale, provinciale, regionale; incontri con le donne della Piccola Famiglia Francescana, predicazione di esercizi spirituali; in alcuni anni, insegnamento all'Istituto Magistrale di Colle Ameno, o agli studenti francescani di Jesi.

C'era tanto da fare; il progetto del Centro Cattolico, ora Studio Sociologico di Singapore, non lo riguardava più.

*P. Leonardo Tasselli e P. Beniamino Leong
alla sua Ordinazione Sacerdotale, 1956*

MONACO DI BAVIERA

Intanto nel 1956, Fra Beniamino Leong era stato ordinato sacerdote. Il Beato Gabriele Allegra, che aveva messo gli occhi su di lui per lo Studio Biblico di Hong Kong, aveva raccomandato che andasse in Germania per imparare il tedesco. Una volta a Monaco di Baviera, P. Beniamino conobbe la Guardia d'Onore del Cuore Immacolato di Maria, che proprio nel convento francescano di Sant'Anna aveva la sua sede.

Egli era molto devoto dell'Immacolata. Il motto, che scriveva all'inizio delle sue lettere, era "Immaculata Triumphat": il grido di fede che, fin dai tempi del Beato Giovanni Duns Scoto (1265 c.-1308) impegnava i Francescani in una ricerca teologica, che non si fermerà fino a quando il Beato Pio IX nel 1854 non proclamerà verità di fede la Concezione Immacolata di Maria Santissima; e fino a che la Vergine stessa, il 25 marzo 1858, non dirà a Lourdes: «Io sono l'Immacolata Concezione».

Così ora un nuovo orizzonte si apriva agli occhi di P. Beniamino: il dogma dell'Immacolata non è soltanto una teoria da ritenere per certa; non è una bandiera da sventolare sulla faccia di chi la nega. È una realtà che vuole diventare vita, è una forza che sorregge il cammino, l'amore di un Cuore che cerca un altro cuore.

La lettura del *Trattato della Vera Devozione a Maria* di San Luigi Maria di Montfort, il racconto di quanto era successo a Parigi a Padre Charles-Éléonore Desgénèttes (10 agosto 1778 - 15 aprile 1860) che, ubbidendo a una voce che gli diceva: «Consacra la tua parrocchia al Santissimo Cuore di Maria», aveva visto rifiorire la sua parrocchia; e soprattutto il vedere lo zelo dei frati del convento di Sant'Anna nel praticare e nel diffondere la Guardia d'Onore del Cuore Immacolato di Maria: tutto questo lo aveva persuaso che l'Immacolata trionfa, se diviene ragione e impegno di Vita.

P. Bonaventura Blattman

P. Bonaventura Blattman (1860-1942) era stato l'iniziatore della Guardia d'Onore. Egli non voleva essere riconosciuto come fondatore. Diceva: «La Guardia d'Onore l'ha voluta Gesù; Gesù è il suo fondatore, è opera sua». Forse c'era stata l'ispirazione di una mistica, Maria Durr (1875-1944); certamente c'è stata la testimonianza della sua vita.

Il fatto è che P. Beniamino, affascinato da questo movimento mariano, subito ne scrisse a P. Gabriele Allegra, invitandolo a erigere in Cina la Guardia d'Onore. Più tardi il Beato Gabriele così parlerà di P. Bonaventura e degli inizi della Guardia d'Onore: «P. Bonaventura, figlio di agricoltori, riparò alle deficienze della sua formazione scolastica con una volontà di ferro; progredì nella santità e nelle scienze sacre, tanto che fu nominato maestro dei chierici, prof. di Teologia Morale e Pastorale, definitore e custode della Provincia dei Frati Minori, fu eletto per tre volte di seguito Ministro Provinciale della Baviera. Oltre al disimpegno di questi doveri, P. Bonaventura era assiduo nella predicazione specialmente degli Esercizi Spirituali alle comunità religiose e al clero, nel ministero del Confessionale e nella direzione di tante anime devote.

«L'ordine di Gesù di fondare la Guardia d'Onore del Cuore Immacolato di Maria gli dovette venire nel 1917, non più tardi del 1918: era l'epoca in cui la Madonna a Fatima rivelava il suo Cuore materno e il desiderio, o meglio la volontà di Dio, che Esso venisse onorato dai fedeli, che se ne stabilisse nel mondo la devozione.

«Proprio nel giro di quegli anni sorgevano due altri movimenti mariani, che costituiscono sempre un'espressione della volontà del Salvatore: salvare il mondo mediante il Cuore Immacolato della Madre sua e nostra; e cioè la Milizia dell'Immacolata, fondata da San Massimiliano Maria Kolbe, e la Legione di Maria.

«P. Bonaventura lavorò per alcuni anni in silenzio, propagando sommessamente la devozione al Cuore Immacolato tra i suoi figli spirituali, fra i quali Mons. Eugenio Pacelli, che era stato consacrato vescovo da Benedetto XV il 13 maggio 1917, precisamente nel giorno della prima apparizione della Madonna a Fatima. Mons. Pacelli fu conquistato da questa devozione e ne subì sempre più il fascino.

«P. Bonaventura, intanto, seguendo attentamente la voce di Gesù – più di questo egli non ha voluto dirci – organizzava i devoti del Cuore Immacolato in una associazione, a cui diede il nome GUARDIA D'ONORE DEL SANTISSIMO E IMMACOLATO CUORE DI MARIA.

«Diceva: "Maria è la Regina del cielo e della terra; a una Regina spetta la guardia d'onore; tale guardia d'onore in cielo è formata dalle schiere degli Angeli e dei Santi. Sulla terra Maria deve avere una Guardia d'Onore, perché Ella è Regina e Madre. Tale Guardia d'Onore sulla terra è formata da tutte quelle anime che si schierano, piene d'amore, attorno al Cuore materno di Maria".

«Queste parole, e la struttura della Guardia, esprimono i sentimenti e i desideri di Gesù; direi: sono un'eco di quelle parole interiori che il Divino Maestro comunicava al suo ministro fedele. Il quale, volendo unire nell'amore e nel servizio della Madre di Dio gli Angeli e i Santi del cielo con i *santi* della Chiesa pellegrina e militante, altro non intese fare che eseguire il comando del Signore.

«Con questa ferma persuasione, P. Bonaventura superò non poche difficoltà e procedette sicuro nell'organizzazione della Guardia d'Onore, i cui elementi costitutivi possono esprimersi così:

Amore filiale alla Madre Immacolata.

Imitazione delle sue virtù.

Offerta delle sofferenze, del lavoro e delle prove della vita presente.

«Tutto questo per riparare alle offese fatte al Cuore di Gesù e al Cuore Immacolato di Maria, lavorando, in silenzio e in preghiera continua, per la Chiesa, per la salvezza delle anime, la santificazione dei Sacerdoti, l'incremento delle vocazioni, l'apostolato missionario.

«Nel 1931, quando **Mons. Eugenio Pacelli** era già a Roma, Segretario di Stato di Sua Santità Pio XI, la Guardia ottenne l'approvazione della Santa Sede; nel 1932 fu eletta in Ente Autonomo; nel 1933 l'Eminentissimo Pacelli venne nominato (cosa molto rara) suo Cardinale Protettore; il 29 luglio 1935 la Cappella di Hildegardstrasse, 19 (oggi Knobelshosse, 1) venne consacrata alla Madre di Misericordia e vi si stabilì il Segretariato permanente della Guardia.

«Nel 1938 P. Bonaventura mandò a New York P. Ireneo Schoenherr, il quale impiantò la Guardia d'Onore negli Stati Uniti, donde si diffuse negli altri Paesi di lingua inglese, mentre le leggi naziste la sopprimevano in Germania.

«Ma P. Bonaventura, ben sapendo che la Guardia era opera di Gesù, era più certo di prima che essa un giorno avrebbe invaso il mondo; lo diceva con semplice sicu-

Gerne erteilen Wir allen Ehrenwäch-
tern des heiligsten und unbefleckten
Herzens Mariä den erbetenen aposto-
lischen Segen.
Aus den Vatikan, 2. Februar 1952

Pius pp. XII

Pio XII spedì la sua fotografia
con una benedizione e la sua
firma, scritta di propria mano.
"Siamo lieti di dare a tutti i
membri della Guardia
d'Onore dell'Immacolato
Cuore di Maria la benedizione
apostolica sollecitata.
Vaticano, 2 febbraio 1952.
Pio PP. XII"

rezza e continuava a benedire – lo chiamavano il Padre delle benedizioni – tutti, ma specialmente le Guardie assenti e lontane e i più bisognosi della Divina Misericordia.

«Le lettere scritte da Mons. e poi Cardinale Pacelli, che ci avrebbero tanto edificato e fatto meglio conoscere il lavoro di entrambi per la diffusione della devozione al Cuore Immacolato, vennero distrutte, assieme ad altri documenti, durante una incursione aerea dell'ultima guerra. Ma forse P. Bonaventura aveva chiesto alla sua Regina la grazia di essere dimenticato e di poter solo abitare silenziosamente nel suo Cuore, e la Regina lo esaudì.

«Mons. Pacelli, che l'aveva sostenuto da Vescovo, lo sostenne pure da Cardinale e poi da Papa. Lui, il Pontefice della Madonna, che consacrò il genere umano al Cuore di Maria, definì il dogma della sua Assunzione in cielo in anima e corpo; e che rivide nei giardini vaticani il miracolo del sole, avvenuto tanti anni prima nel cielo di Fatima, ben conobbe P. Bonaventura, ben comprese l'immenso bene spirituale che la Guardia, così come il Padre l'aveva *organizzata*, poteva fare nella Chiesa; perciò la elevò alla dignità di Arciconfraternita, chiedendo al Ministro Generale dell'Ordine Francescano, P. Leonardo Maria Bello, che i figli di San Francesco si facessero, mediante la Guardia, apostoli del Cuore Immacolato.

«Quando, il 30 dicembre 1942, P. Bonaventura andava a prendere il suo posto di Guardia nel regno glorioso dei santi, il Pontefice di Maria, ricordando i giorni in cui l'aveva conosciuto a Monaco, per mezzo del Cardinal Maglione partecipava le sue condoglianze all'Ordine Francescano in questi termini: "Il Santo Padre ha appreso con profondo dolore la notizia della morte di P. Bonaventura Blattmann, fervido apostolo della devozione al Cuore Immacolato di Maria. A Sua Santità era ben nota la vita esemplare e zelante del Defunto; la sua pia morte appone un degno sigillo alla sua molteplice attività. Mentre Sua Santità intende partecipare all'Ordine Serafico l'espressione delle sue condoglianze, innalza la sua preghiera a Dio per l'eterno riposo dell'Anima eletta".

«Il Santo Padre ha scolpito la vita di P. Bonaventura: molteplice fu la sua attività sacerdotale, ma il timbro della sua anima, l'operosità, che lo distinse, consiste interamente in queste parole: *Fervido Apostolo della devozione al Cuore Immacolato di Maria.*

«Dopo la pia morte di P. Blattmann, si è parlato anche di grazie prodigiose, ottenute per la sua intercessione, e poi non più: egli, un po' come San Giuseppe, scompare, nascosto nel Cuore Immacolato della sua Regina».[1]

---

1 Beato Gabriele Allegra, **Il Cuore Immacolato di Maria, Via a Dio**, San Marino 2012 (pp. 41 e ss. passim).

Cuore Immacolato di Maria,
Monaco di Baviera

P. Allegra da anni pensava al gran bene che ne sarebbe venuto all'Ordine dei Frati Minori, e per mezzo di esso alla Chiesa, nel consacrarsi a una forma di apostolato mariano, come quello della Milizia dell'Immacolata, o della Legione di Maria; quando ricevé la lettera di P. Beniamino, godette e trepidò, aspettando gli Statuti della Guardia che lui gli aveva inviato. P. Allegra continua a dire: «Chissà che la Guardia d'Onore non sia la forma di azione apostolico-mariana che il Salvatore vuole affidare all'Ordine Francescano? Gli Statuti e il Manualetto, nonché una lettera scrittami dalla Sig.na Maria Durr a nome del Direttore Generale della Guardia d'Onore, P. Stanislao Wellnhofer (Monaco, Hildegardestrasse, 19), sorpassarono ogni mia aspettativa.

«Ringrazierò sempre il Signore per avermi fatto conoscere la Guardia d'Onore! In forma privata, nelle prediche, conferenze, conversazioni, confessioni, ne avevo già parlato; e avevo assistito con profonda commozione a una vera celeste pioggia di grazie. Ma quanto a erigerla in Cina, per motivi che qui non è il luogo di accennare, non ci pensavo seriamente. Ma ai primi di giugno di questo anno, un confratello dello Studio Biblico dovette sottoporsi a una pericolosa operazione, che lo condusse in fin di vita. Promisi alla Madonna che avrei stampato in cinese il Manuale della Guardia e avrei fatto quanto è in mio potere per erigerla in Cina e raccomandarla a tutti i confratelli dell'Ordine; ed ecco che il caro Padre Vianney nel giro di poche ore è fuori pericolo».[2]

P. Leonardo Tasselli ricevé in anteprima, il 2 luglio 1957, l'articolo scritto da P. Allegra. Anche lui rimase folgorato dalla bellezza della Guardia d'Onore. Inviò l'articolo al redattore della rivista *Vita Minorum*, chiedendogli di pubblicarlo.

Intanto la *longa manus* del Beato Allegra non si fermava: scrisse a Monaco e a Roma, esortando Padre Wellnhofer e Padre Sepinski, il Ministro Generale, a istituire la Guardia d'Onore in Italia, indicandone l'animatore in P. Leonardo Tasselli. I due interpellati non esitarono a rivolgersi al Ministro Provinciale delle Marche, P. Pietro Mariani; e l'incarico cadde immediatamente su P. Leonardo.

Egli aveva già lavorato come buon sacerdote in Cina, a Macao, nelle Marche; aveva combattuto la buona battaglia da bravo soldato in grigioverde. Ora la giovane Donna, di divina bellezza, chiedeva che egli entrasse al suo comando e facesse parte della sua Guardia d'Onore.

E subito P. Leonardo prese servizio. Domandò a P. Pietro Mariani il permesso e il sussidio per stampare, in forma di opuscoletto, 10 mila copie dell'articolo di P. Allegra. Decise di propagare per tutta l'Italia la Guardia d'Onore del Cuore Immacolato di Maria. Rispose a P. Allegra, notificandogli tutti i propositi e i progetti.

---

2 Da **Vita Minorum**, settembre-ottobre 1957

Chiese a P. Beniamino Leong di tradurre in italiano il Manuale della Guardia d'Onore del Cuore Immacolato di Maria. P. Beniamino in vacanza a Matelica, il 12 agosto 1957, così rispose:

Carissimo P. Tasselli,
con Sua e mia sorpresa Le spedisco, insieme a questa, la traduzione italiana del Manualetto della Guardia d'O-nore! È vero ciò che dice Lei:
che quando si lavora con retta intenzione, le cose vanno ottimamente. Infatti ho impiegato solo tre giorni per la traduzione! Non credo che sia un lavoro enorme, dato che avevo già tradotto il Manualetto in cinese, impiegandovi tre mesi: la difficoltà è maggiore per il cinese.

Le ho risparmiato un lavoro complicato: Lei non sa il tedesco; così avrebbe dovuto rivolgersi ad altri, che non sempre possono stare a Sua disposizione, mentre P. Beniamino si presta facilmente, perché è appunto... il beniamino.

Il 24 gennaio 1958 P. Stanislao Vellnhofer ofm, che a Monaco di Baviera era succeduto a P. Blattmann come Ministro Provinciale e Direttore Centrale della Guardia d'Onore, consegnò a P. Leonardo Tasselli il documento ufficiale di nomina a Direttore Ufficiale della Guardia d'Onore del Cuore Immacolato di Maria per l'Italia.

Iniziò così la splendida storia della Guardia d'Onore in Italia, che ebbe poi una straordinaria divulgazione mediante l'aiuto e la collaborazione di tante persone.

Il Centro Cattolico, sognato a Hong Kong da P. Leonardo e da P. Beniamino, aveva trovato un *Corpo* con lo Studio Sociale a Singapore; ora trovava l'*Anima* nella Guardia d'Onore del Cuore Immacolato di Maria.

P. Gabriele Allegra
e il quadro del Cuore Immacolato di Maria

L'ANIMA

Nelle sue *Memorie Autobiografiche* il B. Gabriele Allegra scriveva:

«Io credo nell'amore della Mamma Celeste. Io credo nel suo Cuore Immacolato. Io voglio morire, abbandonandomi alla misericordia ineffabile di questo Cuore dolcissimo.

«Come sia nata in me questa devozione verso la Mamma Celeste è presto detto. I miei genitori, tutta la mia famiglia ha vissuto sempre, confidando in Maria: Ella era la custode del santuarietto della Madonna della Ravanusa a San Giovanni la Punta; quando Gesù mi chiamò nell'Ordine Francescano, *l'Ordine del suo Amore*, io entrai in un Ordine che, come è l'Ordine di Gesù Crocifisso, di Gesù Eucaristia, così è anche l'Ordine di Maria.

«La vita di San Francesco d'Assisi e l'ideale del suo Ordine sono inscindibili dalla grazia di Maria, dal profumo e dalla forza di Maria; sono inscindibili da Santa Maria degli Angeli. Devo confessare che lo studio del cinese e l'inizio del lavoro biblico assopirono un po' il fervore mariano, che prima mi pare fosse più vivace; ma dopo l'inaugurazione dello Studio Biblico, 2 agosto 1945, mi pare che questo fervore sia tornato; ed è mio vivo desiderio che esso cresca e cresca sino alla morte.

«Tale fervore mariano viene dall'esempio della Serva di Dio Madre Lucia Mangano e di alcune sue consorelle. A essa devo aggiungere l'esempio di mio padre, che ogni anno montava la guardia la notte del 14 agosto davanti all'immagine della Madonna della Ravanusa. Egli non poteva passare davanti a una chiesa della Madonna, senza entrarvi per salutarla».

Ecco, l'anima della Guardia d'Onore è il Cuore Immacolato di Maria. «Nel linguaggio biblico» scriveva il Card. Joseph Ratzinger, presentando il messaggio di Fatima, «Cuore significa il centro dell'esistenza umana, la confluenza di ragione, volontà, temperamento e sensibilità, in cui la persona trova la sua unità e il suo orientamento interiore. Il Cuore, secondo Matteo 5, 8 (*Beati i puri di cuore, perché vedranno Dio*), è un cuore che, a partire da Dio, è giunto a una perfetta unità interiore e pertanto vede Dio. Devozione al Cuore Immacolato di Maria pertanto è avvicinarsi a questo atteggiamento del cuore, nel quale il Fiat, *sia fatta la tua volontà*, diviene il centro informante di tutta quanta l'esperienza.»

Sì, il Cuore Immacolato è il vertice di un'altissima montagna innevata: verso la sua vetta si cammina con gioia, affascinati dalla sua divina bellezza, illuminati dal Sole che splende senza tramonto sul volto della Madre di Dio, la Regina che siede alla destra del Signore nostro Gesù Cristo, incoronata da dodici stelle, con la luna sotto i suoi piedi.

Far parte della Guardia d'Onore è far convergere verso il Cuore Immacolato di Maria tutto ciò che è nostro:

la **Ragione**, che riconosce che Dio innalza gli umili;

la **Volontà**, che liberamente si pone al servizio della Regina del cielo;

il **Temperamento**, che si lascia accordare allo stile di vita della Piena di Grazia;

la **Sensibilità**, che gioiosamente lega il proprio cuore al Cuore Immacolato di Maria.

La Guardia d'Onore, nel pellegrinaggio terreno, ha i Cori Angelici e le schiere dei Beati come modelli e amici; come questi formano in cielo la Guardia d'Onore di Maria Regina, così esse, che vivono in seno alla Chiesa militante, si propongono di imitare i loro fratelli del Paradiso nell'amore, nel culto, nel servizio della stessa Madre e Regina: sono quelle anime che traboccano d'amore per Maria Santissima.

I sovrani della terra scelgono le loro Guardie d'Onore in seno alle famiglie nobili; vogliono che esse siano piene di prestanza, di gentilezza e di cortesia. L'esemplare delle Guardie del Cuore Immacolato di Maria sono gli Angeli e i Santi.

Pala con il Cuore Immacolato di Maria
e i Patroni della Guardia d'Onore del Cuore Immacolato di Maria,
Beato Gabriele Maria Allegra e San Giacomo della Marca,
opera di Piero Casentini nel Santuario
Cuore Immacolato di Maria nella Repubblica di San Marino

Gli Angeli: sin da quando nel seno dell'eternità seppero della futura Madre del Verbo incarnato, gli Angeli sospirano di vederla, di servirla, di amarla; e quando, nella pienezza dei tempi, Maria nacque, cominciarono il loro amoroso e cortese servizio verso la Regina dell'universo; servizio che, dal giorno dell'Assunzione, va sempre più crescendo di chiarezza in chiarezza, di gloria in gloria.

I tre gloriosi Arcangeli, San Gabriele, San Raffaele e San Michele con tutti i Cori angelici, sebbene non nominati, si gloriano di proteggere le Guardie della loro Regina, ancora peregrinanti sulla terra.

Oltre agli Angeli, abbiamo fra i Santi tre Uomini e tre Donne, che sono i *tutor* della Guardia d'Onore; tutti insieme sono le sei ali del serafino che, innamorato della Regina, si gloria di essere la sua Guardia d'Onore.

San Giuseppe: è il Giusto destinato a stare accanto alla Piena di grazia, il padre giuridico e tenerissimo del Figlio di Dio. Senza sollevare il sigillo di Dio, egli, il Casto, può leggere la parola di fuoco scritta dal dito di Dio sul diamante della Sempre Vergine. La nuova Eva *"non è osso delle sue ossa, né carne della sua carne"*; ma è la compagna della sua vita, l'Arca vivente che egli riceve in affido. E a Dio, dopo la consumazione di ogni sacrificio, la riconsegnerà pura, come l'ha ricevuta.

Sant'Anna: alla gioia della nascita della Bambina più bella fra tutte le donne, ottenuta quando era ormai vano sperare nel fiorire del grembo, seguì presto, al compiersi del terzo anno, l'ora di adempiere il voto. Maria Bambina è consacrata a Dio nel coro delle piccole vergini del Tempio. La casa di Anna e Gioacchino ora è sempre più triste e silenziosa: restano i ricordi, le piccole vesti, i primi sandaletti della Bambina lontana. Ma la pace del dovere compiuto cresce ogni giorno di più, fino a illuminare l'ora estrema di un'aurora che di poco precede il sorgere del Sole.

San Giovanni Evangelista: aveva chiesto di stare alla destra o alla sinistra di Gesù nell'ora della gloria; invece è stato vicino a Gesù nell'ora del dolore e poi, per tutta la vita terrena di Lei, è stato con Maria Santissima. Accanto a Lei il suo sguardo è divenuto come quello dell'aquila: ha compreso che le tenebre cercano di soffocare la luce; che la lotta fra il drago rosso e la Donna vestita di sole, con la luna sotto i suoi piedi, coronata da dodici stelle, si perpetua nei secoli; ma chi crede, ha il potere di diventare Figlio di Dio; e l'acqua delle lacrime è cambiata nel vino della Resurrezione.

Santa Maria Maddalena: è stata la pecorella smarrita che Gesù, il bel Pastore, ha ritrovato tra le spine e ha posto sulle sue spalle. A lei, che chiedeva: «Insegnami come devo fare per essere di Gesù», Maria Santissima ha indicato la via dell'amore totale di un cuore, riconsacrato dal perdono del Figlio con quella parola: «I tuoi peccati sono perdonati»; parola non meno potente del grido: «Lazzaro, vieni fuori». Maria Maddalena, che ha versato il suo primo felice pianto sul Cuore della Madonna, è sorella di ogni Guardia d'Onore che, montando la guardia alla Regina, sa di essere alla presenza della Mamma che non resiste al pianto del suo bambino.

San Francesco d'Assisi: amava immensamente la Madre di Gesù, perché Lei aveva reso "nostro fratello il Signore della gloria", il Figlio di Dio. Le diceva: «Ave, Signora, santa Regina, santa Madre di Dio, Maria che sei Vergine fatta Chiesa; eletta dal Santissimo Padre del cielo che ti ha consacrata, insieme col Santissimo Figlio amato e con lo Spirito Santo Paraclito; Tu, in cui fu ed è ogni pienezza di grazia e ogni bene».

Francesco venerava anche il luogo di Santa Maria degli Angeli, non solo perché, essendo intitolato alla Madonna, era favorito con grazie celesti più abbondanti, ma anche perché vi aveva percepito le frequenti visite degli angeli intorno alla loro Regina. Diceva: «Non abbandonate mai questo luogo. Se ne foste scacciati da una parte, rientratevi dall'altra, perché questo luogo è veramente santo. Dio vi abita, come dimora in Maria, suo palazzo, suo tabernacolo, sua casa».

Santa Teresa del Bambino Gesù: la patrona delle Missioni, nel desiderio di essere apostolo, martire, penitente e orante, realizzò la sua vocazione nell'amore. «Sì, ho trovato il mio posto nella Chiesa, mia madre: qui io sarò l'amore.» Iniziò la sua Guardia d'Onore, rallegrata dal sorriso di Maria; la visse nella quotidianità della clausura del Carmelo; la continua, mantenendo la promessa: «Passerò il mio cielo a fare del bene sulla terra. Farò scendere una pioggia di rose».

Queste sono le sei ali di quel serafino in terra, che è la Guardia d'Onore:

Obbediente a Dio come Giuseppe.

Pieno d'amore come Giovanni.

Invincibile nella speranza come Anna.

Salda nella fede come Maria Maddalena.

Felice nella lode come Francesco.

Apostolo efficiente come Teresa di Gesù Bambino.

Più concretamente: con la loro protezione le madri e i padri di famiglia avranno in

San Giuseppe e in Sant'Anna un modello d'amore nel servizio alla Regina del Cielo;

le Anime penitenti guarderanno specialmente Santa Maria Maddalena;

i sacerdoti, i religiosi, i predicatori si volgeranno a San Giovanni e a San Francesco;

le anime contemplative, o impedite per qualsiasi motivo di consacrarsi a un'attività esterna, guarderanno Santa Teresa del Bambino Gesù, grandissima missionaria, sebbene sia vissuta in una cella del Carmelo.

Conclude Sua Santità Pio XII: «Il fine, lo scopo della Guardia d'Onore consiste, secondo l'esempio delle celesti schiere, nel promuovere fervorosamente l'onore del Cuore Immacolato della Madre di Dio, venerando e imitando le sue virtù ed espiando qualsivoglia iniquità, che offenda la bellezza del Mistico Corpo di Cristo».

Papa Pio XII

P. Leonardo Tasselli, P. Gabriele Allegra
e P. Ireneo Mazzotti, Ome 1966

SAN MARINO

«Sono convinto che la scelta di San Marino sia stata voluta dall'Alto; desidero quindi specificare come e quando si sono svolti i fatti.» Così scriveva P. Leonardo l'11 febbraio 1986, ripensando gli inizi di una trentina di anni prima.

Egli presto si rese conto che era indispensabile che gli Associati della Guardia d'Onore avessero un punto di riferimento, cioè un piccolo santuario dedicato al Cuore Immacolato di Maria; e un modesto locale come Sede Nazionale.

Il direttore centrale della Guardia d'Onore, P. Stanislao Wellnhofer, era entusiasta dell'idea; ma il cordiale discorso, ispirato sempre al motto della Contessa dei Due Mari, finiva così: «E quindi e quinci e guari, fate la chiesa con i vostri denari».

P. Leonardo ebbe l'idea, sconsigliata in maniera unanime, di chiedere ai devoti di diventare Soci Fondatori, impegnandosi a versare 60 mila lire in cinque anni.

La prima adesione avvenne il 28 aprile 1961; veniva da Falconara e cominciava con l'H: Haffirie Chiatti. In breve tempo le adesioni divennero un fiume. «Ero sicuro!» scrive P. Leonardo. «Questo è il metodo ispirato da San Giuseppe per la costruzione del suo santuario.»

P. Leonardo iniziò subito a cercare un luogo adatto.

«A me piacerebbe una collina con almeno due ettari di terreno a disposizione, e non condizionata dai rumori del traffico; possibilmente sarebbe bene che avesse avanti il bel Mare Adriatico! Pensai subito al terreno della signora Bellini di Roma, posto proprio sotto Colle Ameno delle Suore Canossiane; pensai alla nostra *Casa San Francesco* di Loreto, a Senigallia, Fano, Pesaro. Tutti tentativi andati a vuoto.»

P. Leonardo Tasselli,
Falconara 1957

Ne parlò più volte con
P. Ireneo Mazzotti. Sentia-
mo cosa avvenne.

Il 7 dicembre 1962 P.
Leonardo era in auto con
P. Ireneo, venuto a Loreto
insieme ad alcune Delega-
te della Piccola Famiglia
Francescana. All'improv-
viso P. Ireneo chiese: «Padre, dove edificherà il nuovo Santuario? Non Loreto,
sarebbe un contraltare alla
Madonna di Loreto».

«No, Padre» risposi io.
«Non penso più a Loreto.
Ora stiamo trattando con i Cavalieri di Malta per *Villa Pio
IX* di Senigallia.»

«Dov'è Senigallia?» chiese P. Ireneo.

«Padre! Vi è passato ieri; è a 20 km da Ancona, è la
stazione prima di Falconara.»

«Non lo faccia a Senigallia, è troppo vicina a Loreto.»

Allora P. Leonardo rispose: «Padre, io sono un Religioso delle Marche e il santuario necessariamente dovrò
farlo nelle Marche. Il luogo più lontano da Loreto è la
Repubblica di San Marino!».

A P. Leonardo non era mai venuta in mente la Repubblica di San Marino. Sapeva appena della sua esistenza.

«Lo faccia a San Marino!» disse energicamente P. Ireneo
con quella forza e risolutezza che gli erano caratteristiche.

«Bene, Padre» concluse P. Leonardo. «Voglio vedere
se la Madonna e San Giuseppe, per Suo mezzo, hanno
voluto indicarmi il luogo, dove costruire il Santuario. Te-

lefonerò al Vescovo della Diocesi. Se il Vescovo dirà di sì, vuol dire che la Madonna e San Giuseppe hanno scelto San Marino per la costruzione del Santuario.»

Nella serata dell'11 dicembre 1962 telefonò a **Monsignor Antonio Bergamaschi**, Vescovo di Pennabilli e San Marino dal 1949 al 1966. P. Leonardo non lo conosceva.

«Eccellenza, sono un Frate Minore di Ancona. Avrei bisogno di parlare con Vostra Eccellenza. Posso venire a trovarla a Pennabilli?»

«Venga pure, Padre.»

«Posso venire domani mattina?»

«No, Padre, domani sono fuori.»

«Posso venire dopodomani?»

«Sì, Padre.»

«Grazie. Allora ci vedremo dopo domani a Pennabilli.»

Il 13 dicembre 1962, giovedì, alle ore 10:30 P. Tasselli arrivò a Pennabilli. Scese dalla macchina proprio nel momento in cui Don Mansueto Fabbri stava uscendo dall'Episcopio. Si erano conosciuti pochi mesi prima.

«P. Leonardo!» esclamò Don Mansueto, appena vide il frate. «Come mai si trova in mezzo a queste montagne?»

«Devo andare dal Vescovo!»

«Posso sapere il perché?»

In poche parole P. Leonardo gli spiegò tutto.

«L'accompagno io!» disse Don Mansueto, e lo scortò da S.E. Monsignor Antonio Bergamaschi che, con tanta bontà e familiarità, venne a ricevere il Francescano al portone del suo appartamento.

Sua Eccellenza lo accompagnò nel suo studio, riscaldato solo da una stufetta elettrica, mentre tutto l'Episcopio era una ghiacciaia. Fece accomodare P. Leonardo in una sedia avanti a sé, mentre Don Mansueto era rimasto in piedi, quasi dietro le spalle del frate.

Ricordava P. Leonardo: «In brevi parole spiegai il motivo della visita. Parlai non più di cinque minuti. Mentre io parlavo, vedevo Don Mansueto Fabbri che più volte faceva cenni con la testa a Sua Eccellenza di dire di sì, di accettare la mia domanda. Appena ebbi finito di parlare, Sua Eccellenza mi disse: "Padre, non solo Le do il mio permesso e la mia benedizione, ma l'aiuterò in tutte le difficoltà che potrà incontrare".».

Allora dissi: «Posso andare a San Marino per vedere se il Governo della Repubblica darà il permesso?».

«Vada. E se troverà difficoltà, venga da me, ché l'aiuterò!»

Federico Bigi

Ecco che cosa successe il 3 gennaio 1963, quando P. Leonardo andò a San Marino.

Egli aveva sentito parlare di un certo Bigi, ma non sapeva chi fosse. Non conosceva nessuno a San Marino e non sapeva a chi rivolgersi. Era freddo, molto freddo con ghiaccio e neve. Il frate portava i sandali e aveva i piedi scalzi. A Porta San Francesco incontrò un Vigile, e gli chiese: «Dov'è Bigi?».

«Là!» rispose sinteticamente il Vigile, indicando una porta sulla destra che andava verso la ex stazione ferroviaria. Il frate andò al luogo indicato, lesse i cartellini dei campanelli e vide: Prof. F. Bigi. «Ah! Bigi è Professore e si chiama Federico.» Suonò il campanello. Si aprì una finestra e dall'alto una signora disse: «Che desidera, Padre?».

«Vorrei parlare col Professor Federico Bigi!»

«È al Palazzo. Vada, che La riceverà.»

La finestra si chiuse.

P. Leonardo andò al Palazzo del Governo e chiese: «Potrei parlare con il Professor Bigi?».

«Aspetti, Padre!»

Faceva molto freddo lì fuori, c'era da aspettare un po'... dieci minuti che non passavano mai. Venne un elegante signore che disse: «Padre, chi devo annunciare al Segretario Bigi? Che cosa desidera da lui?».

Era il Cancelliere degli Affari Esteri Leo Morganti, molto buono e gentile. Questi ascoltò con interesse, poi concluse: «Aspetti, Padre, ancora un momento. Riferirò al Segretario agli Affari».

Poco dopo il Cancelliere ritornò: «Padre, il Segretario ha detto di scrivergli una lettera, spiegando bene quanto Lei desidera».

Il Segretario agli Affari Esteri, Prof. Federico Bigi, non l'aveva ricevuto, ma P. Leonardo era contento: aveva la sensazione di avere a che fare con un amico.

Il Professor Bigi era nato il 20 marzo 1920, appena un mese dopo P. Leonardo; era una personalità di spicco a San Marino. Già a 24 anni, durante la II Guerra Mondiale, era stato lui a persuadere i Tedeschi a non danneggiare la Repubblica di San Marino, assicurandoli che nessun attacco partigiano li avrebbe molestati.

Lavorava molto nel settore dell'Educazione. Mirava a guidare il più grande numero di studenti verso il più alto livello di studi, in modo che poi fossero in grado di reggere e amministrare l'Antica Repubblica. Egli stesso era decisamente attivo nella vita pubblica. Nel dopoguerra aveva fondato il Partito Democratico Cristiano Sammarinese; nel 1957 ne era lui il Segretario, e lo sarà fino al 1971.

Come Segretario per gli Affari Esteri aveva ottenuto dall'Italia che alla Repubblica di San Marino fosse riconosciuta la Rappresentanza Diplomatica, togliendo quegli accordi che parlavano di una fastidiosa "Amicizia Protettrice".

Il 5 gennaio 1963, dunque, P. Leonardo spedì al Prof. Federico Bigi la lettera richiesta, nella quale spiegava gli intenti del nuovo movimento mariano, i suoi programmi a San Marino, la costruzione del santuario, della Casa per gli Esercizi Spirituali, del Centro Internazionale per gli Studi Mariani.

Il 14 gennaio 1963 il Cancelliere Leo Morganti notificò che il Segretario di Stato "ha ricevuto la lettera del 5 corrente; si riserva di dare una risposta, dopo aver attentamente esaminato le proposte".

Il 29 gennaio 1963, P. Leonardo ricevé una lunga lettera da P. Alfredo Polidori, Definitore Generale dell'Ordine francescano. Dalla Curia Generalizia si voleva sapere, intorno alla Guardia d'Onore, quali erano le sue finalità, i suoi mezzi economici. Immediatamente P. Leonardo telefonò al M.R.P. Polidori, chiedendogli chi fosse che voleva sapere tante cose sulla Guardia d'Onore. P. Alfredo Polidori molto pazientemente rispose di non aver nessuna preoccupazione, poiché si trattava di una formalità, al fine di aver notizie sul nuovo movimento.

Il 7 febbraio 1963 P. Leonardo rispose a tutte le domande di P. Alfredo Polidori con una lunga ed esauriente lettera.

Il 1° marzo seguente fu Sua Eccellenza Reverendissima Monsignor Antonio Bergamaschi, Vescovo di Pennabilli e di San Marino, che telefonò a P. Leonardo; gli disse di andare al più presto a Pennabilli, perché la pratica, iniziata con il Governo della Repubblica di San Marino, sembrava aver avuto esito favorevole.

Nel frattempo, non vedendo arrivare nessuna risposta alla lettera inviata il 5 gennaio scorso, al Segretario di Stato per gli Affari Esteri, Prof. Federico Bigi, P. Leonardo telefonò al Cancelliere L. Morganti con una certa vivacità.

Il 4 marzo il Cancelliere Leo Morganti informò che il Segretario di Stato, Prof. Bigi, desiderava incontrare P. Leonardo, per ascoltarlo in riferimento alla nota proposta.

Chiese quindi di prendere contatto telefonico per stabilire l'appuntamento.

5 marzo 1963, ore 10 – P. Leonardo era a Pennabilli. Sua Eccellenza Monsignor Vescovo gli lesse una lunga e lusinghiera lettera che il Rappresentante di San Marino presso la Santa Sede aveva inviato al Segretario Prof. Bigi, riguardo a P. L. Tasselli e alla Guardia d'Onore.

Che cosa era successo?

Il Prof. Federico Bigi, Segretario di Stato, dopo la lettera del 5 gennaio, tramite il suo Rappresentante presso la Santa Sede, si era premurato di chiedere informazioni alla Segreteria di Sua Santità, in quel tempo retta dal Cardinale Dell'Acqua. P. Marco Malagola ofm, che era il suo Segretario Personale, chiese specifiche notizie su P. Leonardo e sulla Guardia d'Onore alla Curia Generale dei Frati Minori, cioè a P. Alfredo Polidori, Definitore per la lingua italiana.

La lettera di P. Leonardo, inviata a P. Polidori, era andata alla Segreteria di Stato di Sua Santità, poi al Rappresentante di San Marino presso la Santa Sede, Principe D'Ardia, e infine al Segretario di Stato della Repubblica di San Marino, Prof. Federico Bigi.

Questi, il giorno 7 marzo 1963, ricevé P. Tasselli e a voce diede la sua approvazione per la realizzazione del progetto del Centro Mariano a San Marino. Chiese soltanto un progetto di massima dei lavori da farsi.

Intanto, il 20 febbraio 1964, il Consiglio dei XII dello Stato di San Marino concedeva il riconoscimento giuridico dell'Ente Morale, denominato Guardia d'Onore del Cuore Immacolato di Maria (lo Statuto viene pubblicato nel Bollettino della Repubblica il 29.02.1964).

I progetti iniziali del Centro Mariano furono molto modesti. Solo pian pianino si riuscì a comprendere che si doveva costruire un grande Santuario Mariano.

*Progetto del Santuario Cuore Immacolato di Maria
nella Repubblica di San Marino*

P. Leonardo aveva sentito dire che l'Ing. Giuseppe
Lenti di Jesi, il fiduciario in campo edilizio del Vescovo
di Jesi e dei Frati del convento *San Francesco*, aveva una
competenza speciale nella costruzione delle chiese. A Jesi
infatti aveva costruito le chiese del Divino Amore e di San

Massimiliano Kolbe. Si rivolse a lui per un progetto di massima, come richiesto dal Segretario agli Affari Esteri di San Marino.

P. Leonardo andò in Ancona nella chiesa detta di San Pellegrino, vicina all'episcopio; era insieme all'Ing. Giuseppe Lenti di Jesi, a cui disse: «Ingegnere, io desidero un Santuario come questa chiesa: rotondo, dal diametro di 12/15 metri, alto una ventina di metri, non di più».

«Va bene!» annuì l'altro, e se ne andò.

Quando l'8 novembre 1964, giorno della festa del Beato Giovanni Duns Scoto (il Teologo dell'Immacolata), l'Ingegner Lenti consegnò il progetto, P. Leonardo si accorse che questo non era certo quanto aveva ordinato. Gli disse: «Io le ho chiesto una piccola chiesa che avesse un diametro di 12/15 metri, e lei mi ha progettato una basilica con un diametro da 40 metri, alta 63 metri!».

Il Lenti ci rimase male, ma non reagì. Prese le planimetrie e si avviò all'uscita. Già stava sulla porta, quando P. Leonardo venne folgorato da un pensiero: "Questo progetto io non l'ho ordinato, ma l'Ingegnere l'ha fatto. Vuol dire che qualcuno l'ha ordinato. L'ha forse ordinato San Giuseppe?".

«Bene!» concluse a voce alta. «Anch'io accetto il progetto.»

L'anno dopo, il 1° maggio 1965, ci fu la posa della Prima Pietra del santuario. Una delegazione sammarinese era andata precedentemente a Roma insieme a P. Leonardo; il papa San Paolo VI aveva benedetto quella Pietra. In quel 1° maggio si radunò una discreta folla a Valdragone. Con il Vescovo Mons. Antonio Bergamaschi erano presenti gli Onorevoli Federico Bigi (Segretario agli Esteri) e Gian Luigi Berti (Segretario agli Interni), l'Ing. Giuseppe Lenti, P. Ireneo Mazzotti, P. Leonardo e tanti frati.

Certo, il progetto completo per una sede nazionale della Guardia d'Onore comprendeva tutte le strutture, necessarie allo scopo e alla attività delle Guardia d'Onore: la grande chiesa, articolata in santuario superiore e santuario inferiore; c'era poi una Casa per Esercizi Spirituali e un monastero per le Clarisse.

San Paolo VI benedice la prima pietra del Santuario Cuore Immacolato di Maria alla presenza di una speciale Commissione, composta da Mons. Antonio Bergamaschi, Vescovo del Montefeltro e di San Marino, dal P. Leonardo Tasselli O.F.M., Direttore Nazionale della Guardia d'Onore del Cuore Immacolato di Maria per l'Italia e la Repubblica di San Marino, dall'Avv. Gian Luigi Berti, Segretario agli Interni della Repubblica di S. Marino e di numerosi altri laici ed ecclesiastici, Basilica Vaticana di San Pietro, Roma 28 aprile 1965

Posa della prima pietra del Santuario
Cuore Immacolato di Maria nella Repubblica di San Marino
con il Vescovo Mons. Antonio Bergamaschi,
On.le Federico Bigi (Segretario agli Esteri),
On.le Gian Luigi Berti (Segretario agli Interni),
l'Ing. Giuseppe Lenti, P. Ireneo Mazzotti,
P. Leonardo Tasselli e tanti frati, 1° maggio 1965

Santuario Cuore Immacolato di Maria in costruzione

Santuario Cuore Immacolato di Maria in costruzione

Le Clarisse erano venute a San Marino dal monastero di Urbania già nel 1609; si erano stabilite nel monastero che i Sammarinesi avevano cominciato a costruire nel 1560. Poiché, dopo 400 anni, la struttura richiedeva dei restauri più impegnativi e più costosi dei lavori per una nuova costruzione, le Clarisse decisero per il nuovo.

Posta la prima pietra nel 1969, il nuovo monastero fu inaugurato pochi anni dopo. Situato nella località di Valdragone, ai piedi del Monte Titano, il luogo si mostrò subito ideale per vivere la vocazione contemplativa ed essere punto di riferimento della spiritualità delle Guardie d'Onore della Regina dell'Universo. Immerso nel verde, appartato dal chiasso dei centri abitati, vicino al santuario del Cuore Immacolato, il monastero di Valdragone è l'immagine visibile di coloro che, come la Vergine Maria, sono in adorazione di Gesù Eucaristia.

*Posa della prima pietra del nuovo Monastero Santa Chiara
a Valdragone nella Repubblica di San Marino, 1969*

È vicino al luogo dei frati. Lo stare vicino ai frati è parte del progetto fondante. P. Leonardo ha sognato che la Guardia d'Onore fosse il campo d'apostolato di tutti i Francescani, quelli del primo, del secondo e del terzo Ordine; in particolare, che continuasse a essere efficiente e visibile l'azione della coppia Francesco-Chiara, come è luminosamente inscindibile la collaborazione del Signore Gesù con Maria Santissima: *"Nessuno osi separare ciò che Dio ha congiunto"*. Insieme, quindi, per elevare ogni giorno «una preghiera al cielo, una lode al Signore, un'invocazione al Padre della Misericordia».

Dono di Nozze

Quando il 17 giugno 1966 il B. Gabriele Allegra visitò i lavori del santuario a San Marino, dopo che P. Leonardo gli ebbe spiegato tutto, il B. Gabriele disse: «P. Leonardo, devo dirti una cosa».

«Che cosa?»

«Sai, in tutto questo lavoro tu non c'entri per niente. Non so il perché, ma questo santuario è un regalo che San Giuseppe fa alla sua Castissima Sposa.»

Autentiche parole.

Anche P. Leonardo era convinto che il Centro Mariano di San Marino fosse un bel dono di San Giuseppe alla sua Castissima Sposa nel bimillenario della celebrazione delle loro nozze.

*P. Gabriele Allegra e
P. Leonardo Tasselli, Ome 1966*

Centro Mariano in costruzione

Centro Mariano in costruzione

Bisogna dire che anche ai Santi molte cose sono nascoste. Con il passare degli anni e il vivere con la gente di San Marino, ci si è resi sempre più consapevoli che quella di San Marino non è soltanto una scelta geografica: è anche un dono della predilezione del Cuore di Maria per la gente dell'Antica Repubblica. Non per nulla i colori bianco e celeste sono i colori dell'Immacolata Regina e della bandiera di San Marino.

I Sammarinesi sono giudicati un po' romagnoli, un po' marchigiani. In realtà hanno una propria fisionomia ben caratteristica. La religiosità cristiana è presente nella vita sociale. Le feste civiche, come l'intronizzazione dei nuovi Capitani Reggenti, il ricordo della Liberazione alberoniana o della fine della II Guerra Mondiale, la festa del Patrono San Marino, hanno sempre il primo punto d'incontro nella Chiesa. Mai il popolo di San Marino si è sognato di togliere il nome di Dio dalla sua Costituzione; né di rendersi ridicoli chiamando *Repubblica di Marino* l'Antica Terra della Libertà, togliendo cioè il *San* per ragioni di odierna inclusività.

La gente dei Nove Castelli ha conservato la festa del Corpus Domini. Addirittura ha conservato la festa dell'Annunciazione del 25 marzo, nella quale fin dall'antico si teneva l'Arengo (l'annuale riunione dei capifamiglia).

Ma soprattutto i Sammarinesi hanno custodito la preghiera. Sono moltissime ancora le famiglie in cui si prega ogni giorno insieme con il Santo Rosario.

Per i funerali non solo si partecipa numerosi alla Santa Messa di Suffragio, ma la sera prima i familiari e gli amici del defunto si riuniscono in chiesa, pregando con il Santo Rosario e l'ascolto della Parola di Dio.

Il dono

Ecco, questa gente è stata scelta per essere testimone delle Nozze tra Maria Santissima e San Giuseppe. Maria si è donata a San Giuseppe, sicura della sua virile parola, che avrebbe garantito il suo onore, custodito la sua bellezza inviolabile; sempre pronto, come Lei, a dire "Eccomi" alla Parola di Dio.

San Giuseppe si è donato tanto generosamente a Maria da accettare fin dall'inizio, e condividere pienamente con Lei, la consacrazione verginale al Dio dell'amore.

Dipinto del Cuore Immacolato di Maria, copia dell'opera del Lorenzone eseguita dalle Suore Francescane Missionarie di Maria, custodito nel Santuario Cuore Immacolato di Maria nella Repubblica di San Marino

Insieme, Maria e Giuseppe, hanno fatto dono del santuario del Cuore Immacolato alla gente di San Marino: un dono tanto gratuito e schivo, che all'inizio sembrava che fosse non per esso, ma per tutta l'Italia, per tutto il mondo. Certo, era un dono per il popolo di tutta la terra, ma San Marino ne era il custode, destinato a divenire sempre più consapevole della predilezione divina, impegnato a essere, come i due santi Sposi, testimone di questo pensiero grandioso: la vita di ogni persona si realizza nel divenire dono.

In genere i santuari mariani sono sorti per ricordare un'apparizione di Maria Santissima, o un evento prodigioso. Il santuario del Cuore Immacolato di Maria è sorto come dono: di San Giuseppe alla sua Sposa Maria Vergine; dei Due alla Repubblica di San Marino e al mondo intero.

A poco a poco i Sammarinesi hanno preso consapevolezza di ciò; per questo ripetutamente si sono consacrati al Cuore Immacolato di Maria: «Questo, il Cuore di Maria» diceva San Padre Pio, «è l'unico posto al mondo in cui satana non ha messo piede e mai ve lo metterà, per prendersi le anime, che lì vi saranno entrate. Mettetevi lì dentro e sarete al sicuro».

Al tempo stesso i Sammarinesi rispondono al dono, donandosi: essi si impegnano quotidianamente a sostegno del santuario del Cuore Immacolato in un'azione di volontariato, che ha dell'incredibile. Senza i Volontari il santuario cesserebbe di esistere.

Santuario Cuore Immacolato di Maria e vista del parco,
Repubblica di San Marino 2023

LA PICCOLA FAMIGLIA
FRANCESCANA E GLI ALTRI

P. Ireneo Mazzotti, Ome

Il 23 gennaio 1958 P. Leonardo fu iscritto alla Guardia d'Onore (GdO) e il giorno dopo fu nominato *Direttore Nazionale della GdO del Cuore Immacolato di Maria per l'Italia*; *Responsabile per la Propaganda della GdO in Europa*.

Pochi giorni dopo avergli consegnato il documento della nomina, P. Stanislao Wellnhofer spedì per competenza a P. Leonardo una lettera. Era firmata dalla signorina Maria Brambilla di Spessa Po (Pavia). Diceva: «Ho letto su VITA MINORUM il bellissimo articolo di P. Allegra, riguardante la GdO del Cuore Immacolato di Maria. Sarei contenta di riceverne gli Statuti e il Manualetto, riguardanti l'opera, per poterla diffondere in Italia. È possibile questo? Non ci sono in lingua italiana? Voglia farmeli spedire e dirmene la spesa. Mentre di cuore La ringrazio, La prego di benedirmi. Con ossequio. Maria Brambilla».

Di che si trattava?

Ai primi di dicembre dell'anno prima,1957, **P. Ireneo Mazzotti**, Fondatore dell'Istituto di vita evangelica proprio dell'Ordine dei Frati Minori, detto Piccola Famiglia Francescana (PFF), aveva ricevuto da Roma l'invito urgente a partecipare al Congresso Internazionale degli Istituti di Perfezione, da tenersi nella settimana della festa dell'Immacolata, 8 dicembre 1957.

P. Ireneo che, se non fosse stato per questione di obbedienza, avrebbe preferito starsene ignorato nel fondo del suo conventino, si recò immediatamente a Milano per radunare gli incartamenti e per gli opportuni abboccamenti con la Presidente e Vice Presidente Generale della PFF.

Partendo dal suo Conventino di San Gaetano in Brescia, per avere in mano qualche cosa da leggere in treno, passò per la saletta delle riviste del convento; ne prese a caso una: era la VITA MINORUM del settembre-ottobre1957.

In treno P. Ireneo, con sempre maggior interesse, lesse l'articolo di P. Gabriele Allegra sulla Guardia d'Onore del Cuore Immacolato di Maria. Arrivò a Milano e dalla Presidente e Vice Presidente Centrale della PFF venne a sapere che non avevano preparato nessun incartamento da consegnargli per la sua andata a Roma.

Nonostante il suo ottimismo abituale, P. Ireneo non poté nascondere la sua preoccupazione. Ma, come in ogni altra circostanza, il suo pensiero si elevò alla Mamma Celeste in un ardente invocazione di aiuto e di luce. La "Mamma" immediatamente rispose con una ispirazione. Dopo una breve intesa, P. Ireneo, la Presidente, la Vice Presidente e le poche altre presenti, inginocchiate davanti all'Immagine del Cuore Immacolato di Maria, promisero con VOTO a nome di tutto l'Istituto che, se nel Congresso di Roma tutto fosse andato bene, la PFF avrebbe abbracciato come apostolato specifico la diffusione della Guardia d'Onore del Cuore Immacolato di Maria.

La Madonna mostrò di gradire la promessa; infatti il Congresso si svolse nel migliore dei modi.

Intanto P. Leonardo era tornato in Italia. A Monaco aveva ricevuto la *bicicletta* della GdO: bisognava pedalare! Era necessario coinvolgere Persone e Istituzioni; formulare un piano d'azione. Le Associate della Piccola Famiglia Francescana di Falconara, che Padre Leonardo assisteva spiritualmente, gli parlavano tanto del loro Fondatore P. Ireneo Mazzotti, della sua devozione alla Madonna.

P. Leonardo il 23 marzo 1958 gli scrisse per chiedergli un colloquio sul movimento mariano della GdO. Il 25 marzo, festa dell'Annunciazione, P. Ireneo rispose:

Rev.do e caro Padre,

venga subito, perché la PFF è dal giorno 8 dicembre 1957 che ha scelto questa forma di apostolato per quest'anno Lourdiano e intende rinnovare ogni anno questa consacrazione. Venga subito e, con la grazia di Dio e la protezione della Mamma Maria Immacolata, voglio che la PFF sia il suo più valido aiuto.

Il resto a viva voce! Le raccomando soltanto che mi telegrafi il giorno prima della Sua venuta, per farmi trovare in Convento.

Grazie e arrivederci!

Aff.mo P. Ireneo Mazzotti ofm

P.S.: Porti con sé stampati e pagelle.

Il 27 marzo 1958, giovedì, alle ore 15:15, P. Leonardo era già a Brescia, con P. Ireneo alla stazione ferroviaria ad aspettarlo.

Camminando dalla stazione al convento, e nel convento di San Gaetano, i due frati parlarono a lungo della Guardia d'Onore e della collaborazione della PFF. P. Ireneo concluse dicendo: «Tutta la PFF è a disposizione della Guardia d'Onore».

Alla fine del colloquio P. Leonardo domandò: «P. Ireneo, lei è lombardo; forse può aiutarmi: da Monaco di Baviera mi è stata rispedita una lettera, nella quale una certa Maria Brambilla di Spessa Po (Pavia) chiede di lavorare per la diffusione della Guardia d'Onore. La conosce?».

«Ma, Padre, Maria Brambilla è la Presidente della PFF, è quella che incontrerà domani mattina a Milano insieme alla Vice Presidente, Maria Mariani!»

«Fu allora che capii: *Digitus Dei est hic!* (qui c'è il dito di Dio)» disse P. Leonardo.

I disegni di Dio sono veramente meravigliosi.

*Monumento a P. Ireneo Mazzotti e a P. Gabriele Allegra
nel parco del Centro Mariano nella Repubblica di San Marino*

P. Ireneo Mazzotti non era della stessa età di P. Leonardo. Era nato a Cologne (Brescia) in Franciacorta il 20 dicembre 1887. Aveva fatto il noviziato a Baccanello insieme a P. Agostino Gemelli nel 1903. Nella Prima Guerra Mondiale aveva dovuto fare il soldato. Raccontava: «Per ben tre anni dovetti vivere da semplice soldato, in mezzo a soldati abbrutiti dalla trincea e dal vizio. La Madonna, alla quale non dimenticai neppure un giorno di recitare la Corona francescana, anche nelle tragiche giornate della ritirata di Caporetto, mi preservò dal contaminarmi con il fango dell'impurità».

Poi venne la grande decisione: «Voglio farmi santo, e un grande santo».

Il 16 luglio 1928 P. Gemelli gli inviò Vincenza Stroppa; con lei iniziò la PFF:

Consacrazione totale della propria vita, restando nello stato Laicale.

«Non accontentatevi di essere buone donne, ma abbiate il desiderio ardente di farvi sante, e grandi sante.»

Il 26 dicembre 1946, insieme a sei donne a Brescia, seguendo l'esempio di Pio XII e del Ministro Generale, P. Leonardo M. Bello ofm, che consacrò al Cuore Immacolato di Maria l'Ordine dei Frati Minori (ofm), egli di nuovo consacrò la PFF.

Nel marzo 1958 iniziò la collaborazione con P. Leonardo, come detto.

Diceva P. Ireneo alle sue Figliole: «Siate cieche per non vedere i difetti altrui; Sorde, per non ascoltare le menzogne e i pettegolezzi; Mute, per non riportare i difetti altrui».

Ci sarà bisogno di ricordare queste parole. Poco dopo si ritirò dalla Assistenza della PFF: un po' si sentiva stanco, un po' aveva bisogno di raccogliersi, prepararsi all'incontro con il Signore. Avvenne il giorno dopo l'Ascensione del 1976, il 28 maggio. Di lui è in corso la Causa di Canonizzazione.

«O mia cara PFF, oasi di purezza nel mondo, non piegare lo stelo! Alzati rigogliosa, segui la Madre Purissima, che ha voluto la PFF Guardia d'Onore del Suo Cuore Immacolato.»

Il 4 dicembre 1990 **P. Ludovico Mariani** scriveva a P. Leonardo: «Si ricorda di me? Le scrivo perché, essendo impegnato a pubblicare il 3° volume della storia della mia Provincia di Sicilia, vorrei parlare della GdO. Ricorda il famoso giro?».

La *longa manus* del Beato P. Gabriele Allegra, dopo aver scritto l'articolo su VITA MINORUM e aver persuaso il Ministro Generale di affidare a P. Leonardo la direzione della GdO, raggiunse P. Ludovico Mariani (Lugano, 14 dicembre 1917 - 29 luglio 2003, Bagheria), a quel tempo Assistente Spirituale dei Francescani Secolari della Sicilia. Questi, scrive P. Leonardo, «animato da un singolare amore verso la Vergine Immacolata e pieno di zelo per il bene spirituale dei Francescani Secolari (OFS), programmò un mio viaggio in Sicilia.»

9 aprile 1958 – P. Ludovico accolse P. Leonardo con molta fraternità alla stazione di Palermo.

10 aprile 1958 – P. Leonardo parlò ai dirigenti dell'OFS. Su 28 fraternità ne erano presenti 24. Si stabilì che ogni Ministro avrebbe trovato 10 Zelatrici della GdO.

L'11 aprile e nei giorni seguenti si andò ad Agrigento, a Vittoria, Siracusa, Catania. A San Giovanni la Punta, P. Leonardo poté incontrare la mamma del Beato P. Gabriele Allegra, la sorella

P. Ludovico Mariani O.F.M.

Sarina e suo zio Monsignor Guglielmino. Visitò la tomba della Venerabile Lucia Mangano; nei giorni seguenti rimase a Messina e a Taormina.

In tutti gli incontri di Sicilia, ben organizzati da P. Ludovico Mariani e dai PP. Assistenti locali, con la quasi totale partecipazione delle Fraternità, molto si lavorò; presto la Sicilia avrebbe avuto un gran numero di Zelatori e di iscritti al movimento mariano Guardia d'Onore del Cuore Immacolato di Maria.

In seguito P. Leonardo fece un calcolo: 435 zelatori, 5.650 iscritti. «Quando poi nel 1961, data ormai l'imponenza del nuovo movimento mariano in tutta Italia, si sentì il bisogno di costruire un nuovo santuario, centro spirituale della Guardia d'Onore in Italia, le Guardie d'Onore di Sicilia diedero e danno ancor oggi la loro efficace collaborazione.»

La Piccola Famiglia Francescana del Servo di Dio Ireneo Mazzotti e i Francescani Secolari di P. Ludovico Mariani furono le due ali che fecero spiccare il volo alla Guardia d'Onore del Cuore Immacolato di Maria in Italia. P. Leonardo estese l'apostolato mariano a tutte le Regioni italiane; non lasciò nulla di intentato, tanto che gli iscritti della Guardia d'Onore raggiunsero quota 32.063 (alla fine del 1992 saranno 120 mila).

Si rivolse alle Fraternità OFS, a moltissime Congregazioni di Suore. Il 25 marzo 1968 presentò un esposto ai Ministri Provinciali del Frati Minori d'Italia, invitandoli a tenere la Guardia d'Onore del Cuore di Maria come la devozione ufficiale dei Frati Minori d'Italia. Diceva loro: «Secondo il mio modesto parere i Frati Minori d'Italia, per avere una propria fisionomia e per avere un reale influsso nel rinnovamento postconciliare, per potersi presentare avanti alla Chiesa e all'Episcopato Italiano, pur lasciando piena libertà per le iniziative particolari dei diversi luoghi, dovrebbero insieme qualificarsi in qualche specifico apostolato comune, come, per esempio, la diffusione del Vangelo, la predicazione, le missioni. Tra questi apostolati, che dovrebbero caratterizzare i Frati Minori in Italia, io metterei in primo piano quello che è sempre stato il simbolo del Francescanesimo: l'amore e la devozione all'Immacolata, che oggi si attualizza con la nostra scelta mariana: la Guardia d'Onore del Cuore Immacolato di Maria».

Al tempo stesso, poiché ne aveva l'incarico da Monaco di Baviera, P. Leonardo si impegnò perché la Guardia d'Onore mettesse radici anche in Europa e in tutta l'area mediterranea.

Dal 26 al 28 gennaio 1960 incontrò in Spagna P. Antonio Corredor, che aveva già iniziato a divulgare la Guardia d'Onore in quella nazione.

Pochi giorni dopo parlò con il Ministro Provinciale del Portogallo, P. Giulio Dos Santos; questi gli promise che avrebbe cercato un Padre, disposto a lavorare per la Guardia d'Onore. P. Leonardo partì da Lisbona senza farsi molte illusioni. Non riusciva a capire il perché di tanta freddezza. Né meglio andarono le cose in Belgio o in Francia.

Comunque in Francia, nella visita alla Madre Generale delle "Piccole Suore degli Orfani di Seillon" (22/23 gennaio 1960), accese una piccola lampada, un lumicino: si iscrisse alla Guardia d'Onore del Cuore Immacolato di Maria Sr. Maria Teresa, rimasta sempre fedele al suo ideale mariano; continuò a vivere con tanto amore; rimase legata tramite il foglietto bimestrale.

Il 2 agosto 1960, in occasione del Congresso Eucaristico Internazionale, P. Stanislao Wellnhofer riunì a Monaco di Baviera i Direttori Nazionali della Guardia d'Onore; «fu una delle manifestazioni più importanti del presente secolo, il cui ricordo non potrà mai cancellarsi dalla mia mente» scrisse il Beato P. Gabriele Allegra. «Io ci andai come Direttore della Guardia d'Onore del Cuore Immacolato di Maria dell'Asia; cercai di lavorare un po' per essa fra i delegati delle diverse nazioni. Stavo soprattutto vicino, materialmente e spiritualmente, a P. Leonardo Tasselli, vero apostolo della Madonna. Tutto quello che era stato fatto in Italia per la Guardia è merito suo; come pure il mancato incremento della Guardia in Cina, anzi la sua quasi estinzione, si deve alla languida pietà mariana dello scrivente. In Cina dapprincipio le cose andarono bene, essendo il suo direttore P. Vianney Chang libero da altri impegni; poi lui venne mandato nella missione di Taiwan; gli successe lo zelante P. Marco Cheng che, date le sue tante occupazioni, ha fatto miracoli. Oggi egli è Prefetto dello Studio e soprattutto Promotore dell'Associazione Biblica; è, posso dirlo *tuta conscientia*, il più occupato dei sacerdoti cinesi in questa città di Hong Kong: non posso da lui attendermi di più. Forse, se la Guardia fosse cominciata in una chiesa francescana, la sua attuale situazione sarebbe diversa; ma quando la Guardia d'Onore nacque a Hong Kong non c'era nessuna chiesa dell'Ordine francescano; la prima, la parrocchia di San Bonaventura, sarà aperta ufficialmente al culto l'anno prossimo. Mio solo contributo all'attività della Guardia è la recita della Coroncina al Sacro Cuore di Gesù, composta dal P. Pio da Pietrelcina, in cui si domandano al Divin Salvatore le grazie più urgenti, o che più ci stanno a cuore: ora la prima grazia che chiedo per me è quella che riguarda la Guardia d'Onore, specialmente il santuario del Cuore Immacolato di Maria a San Marino, accanto a cui ci sarà la Sede Centrale per la Guardia d'Onore per l'Italia; poi passo a chiedere la grazia delle vocazioni sacerdotali e religiose; in ultimo chiedo la grazia di cui abbisogna lo Studio Biblico. Certo, sono stato un servo cattivo e neghittoso della Madre Immacolata. Possa Ella far nascere i suoi veri figli, i suoi apostoli come il B. Massimiliano Kolbe, P. Bonaventura Blattmann, P. Pio da Pietrelcina!»[3]

---

3 P. G. Allegra, **Memorie Autobiografiche**, pp. 273-274

Il Beato Gabriele non fu un servo cattivo e neppure neghittoso. È che si andava alzando il vento della contestazione globale, quel vento che portò alla tempesta del 1968.

Le singole entità consideravano l'invito della Guardia d'Onore una interferenza; i Ministri Provinciali si fermavano a parole belle e incoraggianti; la gente, all'impegno spirituale, preferiva sempre più decisamente l'impegno sociale; Marta otteneva maggior considerazione di Maria, colei che ascolta Gesù e parla con Lui; la preghiera era ritenuta un inutile esercizio delle labbra; i giovani seminaristi volgevano al riso la proposta di P. Leonardo: invece di ascoltarlo, si mettevano a contare le volte che nominava la Vergine Maria, o ripeteva: «A questo modo qua! Non c'è niente da fare». Ed erano convinti che non ci fosse niente da fare.

Anche la gloriosa PFF cominciava a dubitare di sé stessa. L'Assistente, che aveva preso il posto del Servo di Dio P. Ireneo, senza che nessuno l'avesse incaricato, si mise a lavorare per trasformare la PFF da Associazione di Perfezione Evangelica, propria dell'Ordine dei Frati Minori, in Istituto Secolare autonomo, cioè senza più alcun legame con i Frati Minori. E dire che P. Ireneo aveva speso una vita a lottare, perché la PFF rimanesse sotto la giurisdizione dell'OFM: altri ideali, altri orizzonti di utilità sociale, ma non certo di formazione alla Santità.

Antonio Gramsci l'aveva detto: «Scriviamo, insegniamo, propagandiamo il materialismo scientifico marxista; i Cristiani finiranno per pensare e agire come noi».

«Già» diceva P. Leonardo, «ti mordono senza farti sentire il dolore.»

Ci sono infatti degli insetti che prima iniettano l'anestetico e poi succhiano il sangue.

Maria Passamonti

Maria Passamonti

P. Leonardo non era il tipo da lasciare sulla carta gli incarichi, che gli venivano affidati: Direttore Nazionale della Guardia d'Onore! Cominciò subito a programmare "un piano ben dettagliato", è lui stesso a scriverlo; un piano di propaganda della Guardia d'Onore in Italia, le stampe e tutto il materiale necessario alla nuova iniziativa: Manualetto della Guardia d'Onore, articoli su riviste, formulari, schede, tessere per l'iscrizione alla Guardia d'Onore, foglietto bimestrale di collegamento tra il centro e gli iscritti.

Un problema da risolvere, e certamente non secondario, era il funzionamento della Segreteria del nuovo movimento mariano in Italia per la schedatura degli iscritti, per il disbrigo della corrispondenza, che ormai diveniva sempre più intensa, per la spedizione del foglietto bimestrale.

Si era iniziato il primo lavoro di Segreteria con l'aiuto di alcune studentesse, iscritte alla nostra Gioventù Francescana (Gi. Fra.) del convento Sant'Antonio di Falconara, della quale P. Leonardo era l'Assistente religioso. Tutto però era lasciato all'improvvisazione, alla buona volontà di queste collaboratrici, che un giorno venivano ad aiutarti e per due giorni poi si lasciavano desiderare, o non venivano più. Insomma tutto era aleatorio, tanto più che lui non era sempre in sede; si assentava per giorni e anche per settimane: doveva pensare alla propaganda della Guardia d'Onore in ogni parte d'Italia e anche d'Europa.

Dopo quasi un anno di lavoro, la Guardia d'Onore stava diventando un piccolo ma rispettabile esercito mariano. Gli aiuti finanziari non mancavano, arrivavano da ogni parte: da Monaco di Baviera, dalla Provincia ofm delle Marche, da Mons. Pietro Moretti, Prefetto Apostolico di Tungchow, dalle offerte delle Guardie d'Onore e, non ultimo, da S.E. Ferdinando Tambroni, Ministro degli Interni, che per tre volte accolse una richiesta di sussidio e inviò contributi, per quel tempo e in quelle circostanze, molto consistenti; per cui, in un secondo tempo, si poté attrezzare decorosamente la Segreteria.

Il vero problema, in quel tempo, era quello di avere un personale stabile nella Segreteria della Guardia d'Onore.

Ricordava P. Leonardo: «Eravamo sicuramente nel mese di marzo 1959, quando una mattina, dopo la Santa Messa dalle Suore Canossiane di Colle Ameno (Ancona) – dove da tanti anni vi era come Vice-Superiora Madre Tina Girelli, la zia di Maria Passamonti – mentre stavo facendo il ringraziamento alla Santa Messa, mi si presenta, caso più unico che raro, Madre Elda Pollonara, Direttrice delle Studentesse interne, che frequentavano a Colle Ameno le Scuole Magistrali. Madre Elda mi disse: "Padre, ieri sera è arrivata Corilla (Maria) Passamonti e vuole salutarla".

«"Madre, ho molta fretta. Lei vada a chiamare Corilla, io intanto vado a prendere il caffè e così, all'uscita, potrò salutarla." Corilla scese le scale di corsa. "Buon giorno, Padre!"

«Io, serio serio, le risposi: "Beata Lei, Signorina, che ha voglia di scherzare e non ha nulla da fare! Perché non viene ad aiutarmi?".

«Avevo buttato là quelle parole, tanto per dire qualcosa, non per fare un invito. Maria invece all'istante cambiò aspetto e, con una decisione insospettata, mi disse: "Sì, Padre, vengo ad aiutarla: che cosa devo fare?".

«La mia proposta era stata presa proprio sul serio. Cercai subito di tirarmi indietro, neutralizzando la mia domanda. Le dissi infatti: "Ma io voglio una Signorina che sappia scrivere a macchina".

«"Bene, Padre" disse Corilla, "vado a casa, imparo a scrivere a macchina e poi ritorno per aiutarla."

«"Ma io voglio una Signorina che abbia il diploma di dattilografia."

«"Bene, Padre, vado a casa, prenderò il diploma di dattilografia, poi verrò ad aiutarla."

«E così rimanemmo. Ma era mia convinzione, e lo speravo, che quella Signorina non sarebbe venuta ad aiutarmi.

«Un giorno invece mi arriva una lettera da Lodi: Corilla (Maria) Passamonti mi notificava che presto sarebbe arrivata con il diploma di dattilografia e che si sarebbe messa a lavorare per la Guardia d'Onore del Cuore Immacolato di Maria; e che non avrebbe mai più cambiato lavoro. Era una lettera, scritta dopo aver pensato, meditato. Si impegnava per tutta la vita a lavorare per la Guardia d'Onore».

Il 17 maggio 1959 Maria (Corilla) Passamonti (Pescara, 10-02-1928 / 29-08-1985, San Marino) tornò da Lodi nelle Marche. Il giorno dopo presentò a P. Leonardo il suo diploma di dattilografia e iniziò il suo lavoro.

Continuava P. Leonardo: «La venuta di Maria, però, portava anche qualche preoccupazione. Non si era, infatti, mai sentito dire che una Signorina stesse alle dipendenze di un Religioso, impegnato in un lavoro di apostolato, senza una vera sede, senza un vero introito in denaro, senza una consistenza economica fissa».

E poi si sa, il paese più è piccolo e più la gente mormora. L'ammonimento dei maestri di formazione va sempre ricordato: "Per quanto siate brutti, non lo sarete mai così tanto da non interessare una donna". Del resto, posto che P. Leonardo non fosse bello, nessuno ha messo mai la bruttezza a difesa della castità. P. Leonardo, come Angelo, lo era stato nel nome; ma poi glielo avevano cambiato. Egli era nella pienezza della sua virilità di uomo alla soglia dei 40 anni. Poteva sempre suscitare il chiacchiericcio dei piccoli paesi.

Comunque, con la complicità silenziosa un po' di tutti: P. Pietro Mariani, Ministro Provinciale, dei Religiosi della Comunità ofm di Falconara, delle Suore di Colle Ameno e della loro Superiora, nessuno disse nulla di quella giovane venuta da Lodi.

Non c'era tempo per il pettegolezzo. P. Leonardo partiva da Falconara o da Ancona per andare nelle diverse località italiane con due valigie pesantissime, piene, pressate di Manualetti della Guardia d'Onore, di foglietti di propaganda, di formulari d'iscrizione alla Guardia d'Onore, di libretti per Zelatori e Zelatrici. Quanta fatica per andare alla stazione, per salire e scendere dai treni, per andare a mettersi sul binario giusto e di corsa, perché i treni erano in partenza; per salire sui tram, sull'autobus, sui pullman! Erano tempi di grande fatica fisica, ma belli. L'immersione personale in questo apostolato era totale: fisica e spirituale. Nei lunghi viaggi il pranzo e spesso anche la cena consistevano in qualche wafer e acqua minerale. Si doveva risparmiare. Niente giornali; niente taxi; solo mezzi comuni e i più economici.

La Segreteria della Guardia d'Onore era in formazione, attrezzata come si poteva. Gli stampati erano tanti e indovinati. Mancavano schedari, contenitori? Si facevano schedari e contenitori di cartone e abbastanza robusti, tanto che resistettero sufficientemente fino all'arrivo dei veri schedari, anche se usati, *Olivetti*.

Mancavano tavoli, armadi, un luogo per depositare il materiale?

C'era lo stanzone della Gi. Fra. (Gioventù Francescana).

Non c'era una macchina da scrivere? C'era quella piccolina, portata direttamente da Maria da casa sua. Poi Monsignor Pietro Moretti diede una certa somma di denaro per comprarne una in Germania (lì costava meno che in Italia). Una sola macchina da scrivere per tutti e due: Maria e P. Leonardo.

Il 9 novembre dello stesso 1959 la sede della Guardia d'Onore fu trasferita da Falconara Marittima nella nuova sede della Curia Provinciale dei Frati Minori delle Marche in Ancona, via S. Margherita, 4. Maria, dopo aver continuato a far riferimento per il pernottamento e per alcuni pasti dalle Suore Canossiane di Colle Ameno, il 29 ottobre 1961 cominciò a essere ospite delle Maestre Pie Venerine di Ancona.

In quei sette anni, prima dell'approdo definitivo a San Marino, oltre a svolgere il suo lavoro come segretaria della Guardia d'Onore, Maria si fece apprezzare dalle Maestre Pie Venerine. Dicevano: «Maria è un elemento così equilibrato per tutte le nostre ragazze ospiti, ed erano tante, che fa a noi un servizio impagabile».

È in questi anni che Maria ha avuto tante ragazze che l'aiutavano in ogni modo. Tutte la amavano e stimavano. Una parola di Maria arrivava là dove nessuna Suora o Superiora poteva arrivare. Le ragazze non discutevano quello che Maria diceva, solo obbedivano; e le Suore e le Superiore quante volte dovevano ricorrere a Maria, per ottenere qualche cosa dalle ragazze!

Le ragazze, pur di aiutare Maria, pur di esserle utili, lasciavano il loro lavoro, portavano i loro fidanzati a lavorare lì, nella stanzetta di via S. Margherita. Alla sera, venuta l'ora della chiusura, davanti alla porta del convento, c'era sempre qualche ragazza che veniva a prendere

Maria per poterla accompagnare dalle Suore. Le volevano veramente bene!

Il 9 luglio 1968 la Sede Nazionale della Guardia d'Onore si trasferì definitivamente a San Marino, nella Casa San Giuseppe. Questa partenza fu uno strappo per Maria; ma lei aveva delle risorse insospettabili e si adattò in modo meraviglioso. Casa San Giuseppe pian pianino divenne "la mia Casa".

In questa Casa Maria visse gli anni più felici della sua vita. Amava molto il silenzio, la solitudine, il canto degli uccelli, l'incanto dell'ambiente.

«Ma, Padre, come abbiamo fatto a vivere in quella stanzetta di Ancona, al buio?» diceva spesso.

«Padre, come è bello star qui, con questo silenzio! Guardi come sono belle le nostre piante! Ha visitato la parte del bosco vicino al Crocifisso? È incantevole. Ci vada, Padre!» Tante volte faceva simili discorsi e cercava di portare P. Leonardo a visitare il terreno, le piante, le parti più lontane e più selvagge. Era veramente felice.

Casa di Spiritualità San Giuseppe in costruzione

Casa di Spiritualità San Giuseppe in costruzione

Casa di Spiritualità San Giuseppe appena terminati i primi lavori

Aveva riempito Casa San Giuseppe di tanto verde e di tanti fiori. Amava la natura, Casa San Giuseppe era stata inondata di verde, di fiori per la premura di Maria. Tutti ammiravano i suoi gerani, alti fino al soffitto, che si trovavano all'entrata della Casa; i vasetti, piccolissimi, posti in ogni angolo della Casa, che deliziavano il visitatore; il verde che scendeva dalle scale! Tutto curava con tanto amore. La sua stanza era un giardino, la sua Segreteria aveva angoli di verde.

Era felice di vivere in campagna, con una visuale che spaziava fino al mare; e un cielo che, nelle notti stellate, la rendeva estremamente contenta.

Qualche volta, quando proprio la bellezza del creato la inondava di gioia, chiamava e diceva: «Padre, guardi che bellezza, che spettacolo di luci nella vallata, che bel cielo! Dove potevamo trovare un luogo più bello?».

«Sì, sì, Maria, ma vada a riposare» rispondeva P. Leonardo.

Il tempo del riposo, purtroppo, non era lontano. Negli ultimi mesi del 1982 Maria diceva spesso: «Non riesco più a stare seduta. Sento un certo bruciore all'osso sacro. Artrite o artrosi?».

Tornata a Lodi dai suoi genitori, come ogni anno per il Santo Natale, Maria parlò del suo disagio con sua sorella Ester, la quale le fece notare che poteva trattarsi di una cosa seria. Inaspettatamente Maria ritornò a San Marino il 30 dicembre 1982. Preparate le sue cose indispensabili, ripartì subito per Lodi il 5 gennaio mattina.

Il 13 gennaio 1983 Maria venne operata dal prof. Bevilacqua del Grande Ospedale Maggiore di Milano. La sorella Ester comunicò che, grazie a Dio, tutto era andato nel migliore dei modi. Il 14 e 15 gennaio P. Leonardo a Milano, nel convento Sant'Angelo, la poté visitare, trovandola molto provata, ma serena, bene assistita da medici e paramedici. Aveva sempre vicino a sé la sorella Ester.

Il 12 febbraio Maria fu di nuovo a San Marino. Stava bene. Rendemmo grazie a Dio, alla Madonna e al Patriarca San Giuseppe per la protezione accordatale. Maria era contenta e riprese il suo lavoro, come se nulla fosse stato.

Durante tutto l'anno 1983 assisterà amorevolmente la cuoca della Casa San Giuseppe, Giuditta Fazzini, colpita da un tumore. Assisterà pure P. Leonardo, quando sarà per qualche giorno ricoverato nella clinica *Sant'Anna* di San Benedetto del Tronto (23/28 ottobre 1983). Dopo l'operazione di Milano sembrava davvero rinata a nuova vita.

Il 17 febbraio 1984 Maria si sentì molto male. Il 23 febbraio venne ricoverata all'Ospedale di San Marino e il 5 marzo fu operata. Rimase in sala operatoria dalle 9:45 alle 14:45. Il chirurgo Serra disse che aveva trovato il suo male diffuso un po' ovunque. La situazione di Maria era molto grave.

Nei giorni seguenti Maria trascorse delle giornate e delle nottate terribili. Era uno strazio il vederla così soffrire, specie quando le veniva il vomito.

Il 14 marzo fu notificato che l'esame istologico aveva purtroppo confermato che il tumore di Maria era maligno. Da Lodi la visitarono i suoi fratelli. Sua sorella Ester veniva spessissimo. Il 31 marzo arrivarono i suoi vecchi genitori: Luigia Girelli e Mario Passamonti. Erano più che ottantenni, ma avevano voluto affrontare il lungo viaggio e il Signore e la Madonna li avevano premiati, perché durante la loro permanenza Maria stava bene, molto bene ed era sorridente.

Il 13 aprile venne permesso a Maria di mangiare quel che voleva. Lei chiese un succo di frutta che però rimise quasi subito. Ciò che la straziava era il continuo vomito, anzi lo sforzo del vomito, perché Maria non aveva nulla dentro lo stomaco.

Scriveva P. Leonardo: «Oggi, 15 aprile 1984, alle ore 12:30 Maria mi ha chiesto un uovo alla coque, un uovo però fresco, delle galline delle monache Clarisse. Corro al monastero, faccio preparare l'uovo richiesto e di corsa lo porto a Maria che lo mangia tutto. Quando, come ogni giorno, alle 19 ritorno dall'Ospedale, le domando: "Ha ritenuto l'uovo?", mi aspettavo, come al solito, che mi dicesse che l'uovo era stato rimesso. E invece, con mia grande sorpresa, mi dice che non ha rimesso nulla e che anzi si sente bene. Difatti questa sera Maria si sentiva bene».

Sembra incredibile, ma è vero: Maria giorno per giorno andava migliorando. Il 25 aprile l'ospedale comunicò che stava bene e poteva uscire. Sembrava un autentico miracolo. Chi l'avrebbe mai potuto pensare?

Ora stava bene e per la prima volta, dopo il suo ritorno dall'Ospedale, veniva al refettorio a mangiare con tutti gli altri, senza chiedere nulla di particolare. Era ormai ritornata alla vita normale, al suo lavoro. Di cuore tutti ne rendevano grazie a Dio, alla Madonna Immacolata, al grande Patriarca San Giuseppe e a Madre Speranza.

Agli inizi del 1985, però, Sorella Malattia ritornò. Un nuovo ricovero all'Ospedale di San Marino dal 29 aprile al 26 maggio.

Ne uscirà molto prostrata per le cure subite, ma decisa a combattere la sua battaglia fino alla fine. Qualche rara volta diceva: «Padre, mi dispiace molto morire, ma non per me, per Lei. Chi l'aiuterà nel suo lavoro?».

Un giorno P. Leonardo le disse: «Maria, Lei è ammalata abbastanza gravemente; gli ammalati gravi prendono l'Olio degli Infermi; lo vuole?».

«Ma allora io, Padre, muoio?»

«Non vuol dire che morirà. Io, vede, Maria, sono stato operato, ho preso l'Olio degli Infermi e non sono morto.»

«Ah!» disse Maria; poi, dopo un breve silenzio, quasi sottovoce continuò: «Mi dispiacerebbe molto morire; ma non per me; per Lei, Padre. Chi l'aiuterà?».

Dal 22 al 26 giugno andò pellegrina a Medjugorje. Ne rimase conquistata per la folla che parlava di fede, di Dio, di vera vita cristiana. Diceva: «Non ho chiesto nessuna grazia per me». Ma se per sé non aveva chiesto nulla, per chi aveva chiesto qualche cosa? Nessuno ha mai avuto l'ardire di domandarglielo, perché tutti sapevano per chi Maria aveva pregato. Quante volte aveva detto: «Mille cancri a me, Padre, purché non succeda niente a Lei». Il 1° luglio ci fu un nuovo ricovero all'Ospedale di San Marino. «Sono stanca.» La sera del 28 agosto, nonostante nessuno pensasse che la partenza di Maria per il Cielo fosse imminente, P. Leonardo le domandò: «Maria, vuole l'Olio Santo?».

Maria aspettava questa domanda e con ansia. Con un sorriso, con una gioia tutta particolare, rispose: «Ma sì, Padre!».

P. Leonardo andò a prendere tutto l'occorrente, mise la cotta e la stola viola, poi le disse: «Maria, adesso la confesso».

Si confessò.

«Maria, chiamo anche sua sorella Ester?»

«Ma sì, Padre!»

«Chiamo anche Maria Grazia Santoro (la sua più cara amica)?»

«Ma sì, Padre!»

Poi iniziò il sacro rito. Maria, vedendo la stola viola, disse: «Padre, perché non mette la stola nera?».

«Perché, Maria, l'Olio degli Infermi viene amministrato con la stola viola.»

Durante il sacro rito Maria seguiva con attenzione; non emise un sol lamento.

Erano le 21:30. P. Leonardo disse a Ester e a Maria Grazia: «Mi ritiro nella mia stanza; se vi sarà qualche cosa, chiamatemi».

P. Leonardo così ricordava: «Verso le 2 del 29 agosto sento bussare alla parete della mia stanza e alla mia porta. Mi alzai subito, immaginando qualche cosa di grave. Mi affacciai alla stanzetta di Maria e vidi che era proprio agli estremi. Ritornai nella mia stanza per prendere il Rituale con le preghiere per i moribondi; m'inginocchiai vicino al letto di Maria e, con sua sorella Ester e Maria Grazia, iniziai le preghiere, quelle bellissime preghiere per i moribondi. Maria ascoltava e ogni tanto si muoveva. Ora si gira sul lato sinistro, alza gli occhi al cielo e rimane immobile. Maria è spirata. Sono le 2:30 del 29 agosto 1985. Ha consumato la sua immolazione. Guardando il cielo, è entrata nel Cielo».

Ministro Provinciale

Capitolo Provinciale, Grottammare 4 luglio 1969

P. Leonardo non era stato mai nell'organigramma della gerarchia francescana: mai guardiano o vicario di un convento, né membro del Consiglio del Ministro Provinciale; ma aveva bazzicato la stanza dei bottoni: era stato Segretario Provinciale. Egli dice che si è trovato inspiegabilmente tra i cinque, anzi alla fine tra i due candidati alla carica di Ministro Provinciale: lui e P. Valentino Natalini. Non nasconde di esser contento di starci. La maggioranza dei Capitolari stava dalla parte di Valentino, un giovane di 38 anni, amabile e dotto frate, che poi sarà a capo dei suoi confratelli per 18 anni.

Anche il P. Visitatore Generale, il regista del Capitolo, pendeva per P. Valentino.

«Mi dispiace, P. Leonardo, ma P. Natalini ha la preferenza» gli diceva.

Non era proprio vero che gli dispiacesse che fosse in vantaggio P. Valentino Natalini; anzi, possiamo dire che era il suo candidato; ma bisogna pur salvare le apparenze!

Il fatto è che il 4 luglio 1969 il Tasselli fu eletto Ministro Provinciale dei Frati Minori delle Marche. Alcuni giovani Capitolari lo avevano sostenuto, per abbattere alcune vecchie divisioni fratesche. «I cosiddetti Giovani» commentò P. Leonardo, «non si accorgevano che all'antica divisione ne introducevano una nuova, comoda per loro: Religiosi giovani e Religiosi vecchi; il che voleva dire: Religiosi progressisti e Religiosi retrogradi, tanto per mascherare le proprie aspirazioni al comando.»

Non è che il *Partito dei Giovani* fosse spuntato in quei giorni del Capitolo. «La contestazione giovanile della Provincia [è P. Leonardo a scriverlo] era guidata da confratelli che insegnavano all'Università di Urbino, o avevano studiato all'Università Cattolica di Milano. Il loro organo era la rivista *Quaderni di Dialogo*. Tra i frati soffiava un vento d'indipendenza e di secolarismo, contrario alle più elementari tradizioni francescane.»

Si voleva lo svecchiamento, senza proporre nuove espressioni, o modi di vita. Era il tempo dell'affossamento di quanto era stato trasmesso dai nostri Padri, senza nessuno spiraglio di vitalità nuova. Un giorno i nostri Studenti di Teologia chiesero un colloquio al P. Provinciale.

«Dove volete che ci incontriamo?» chiese P. Leonardo.

«A San Liberato» risposero loro.

«Ebbene, ci vedremo fra otto giorni a San Liberato.»

Otto giorni dopo si riunirono a San Liberato, in una

sala. I Giovani, quelli più avanzati, più indottrinati dal nuovo spirito, discepoli dei nuovi profeti del Francescanesimo, cominciarono a dire: «Molto Reverendo Padre, la Provincia ha bisogno di questo e questo».

P. Leonardo ricordava: «Io stavo ad ascoltare; ascoltai tutto quello che vollero dire. Compresi subito che, nel folto gruppo di Giovani, vi era una frangia che ormai era completamente fuori dallo schema della vita religiosa, anche preso nel senso più progressista. La mia conclusione fu questa: una volta era il Ministro Provinciale che diceva ai Religiosi quello che dovevano fare, come si dovevano comportare. Ora si sono invertite le parti: sono i Religiosi, e i Religiosi studenti, quelli ancora in formazione, che insegnano al Ministro Provinciale quello che deve fare, come deve comportarsi, come deve governare la Provincia.

«Sappiate che l'attuale Ministro Provinciale, nel governare la Provincia e nel suo comportamento con i Religiosi, tiene in massima considerazione la Regola, le Costituzioni Generali, il Codice di Diritto Canonico, i Decreti del Concilio Vaticano II, i Decreti della Congregazione per i Religiosi.

«Fra otto giorni io ritornerò qui a San Liberato; ci riuniremo di nuovo insieme. Voi avete otto giorni per meditare, riflettere sulla vostra vocazione: se accettare o meno le disposizioni del vostro Ministro Provinciale.

«Otto giorni dopo ritornai a San Liberato. Chiamai gli Studenti uno per uno. Quattro di essi scelsero di stare fuori convento per sei mesi, provando la vita nel secolo. Non si sono più visti. Tutti gli altri non ebbero più un solo problema; e ora sono tutti ottimi religiosi».

Del gruppo *innovativo* P. Leonardo ricordava in particolare i due Giovanni. Uno di essi aveva messo su un'aria da profeta, barba compresa, già dal tempo del Provincialato di P. Pietro Mariani. Questi, incontrandolo, gli aveva chiesto: «Sei tu quello che deve venire, o dobbiamo aspettare un altro?».

Ebbene, molte volte P. Leonardo incontrò i due Giovanni nel nostro convento di San Pasquale a Ostra Vetere; di notte, perché di giorno non avevano tempo. Si parlava, si discuteva: non si smuovevano. Non cercavano la Verità. «Voi dite che la Chiesa è dogmatica; i Superiori sono dittatori e dogmatici, non sanno ascoltare i fratelli. Ma io credo che né la Chiesa, né i Superiori siano dogmatici quanto lo siete voi. Non siete in buona fede.»

In quegli anni almeno quattro frati, che studiavano nell'Università Cattolica di Milano, avevano inciampato nel compagno di studi Mario Capanna, espulso quando era ancora studente. Ne erano stati affascinati e non si accorsero del pericolo: trascurarono la preghiera, la celebrazione della Santa Messa, smisero di custodire il cuore, iniziarono una vita propria.

Non frequentavano più il convento o lo frequentavano raramente. Era quindi indispensabile chiedere per loro alla Santa Sede la secolarizzazione, lo scioglimento da ogni vincolo religioso e sacerdotale, per quanto possibile. A dire il vero a questi *Padri* non interessava la dispensa della Santa Sede dai voti. Non ammettevano l'autorità del Papa, dei Vescovi, o dei Superiori. Era difficile trattare con loro; non era possibile indurli a chiedere alla Santa Sede la dispensa dai voti, dagli obblighi della vita religiosa e sacerdotale. Si sarebbe dovuto imbastire un lungo processo per espellerli dall'OFM.

In un incontro P. Leonardo disse loro: «So che a voi non interessa la dispensa della Santa Sede. Voi vivete contenti ugualmente; questo non è un problema per voi, però lo è per me. Io sono obbligato a imbastire un processo lungo e noioso, per poi arrivare alla medesima conclusione. Se invece voi mi sottoscrivete un documento in cui chiedete alla Santa Sede la dispensa dai voti, dagli obblighi del sacerdozio, la Santa Sede ve la concederà. Faciliterete il mio lavoro».

«Se è per Lei, faccia pure. Lei ci conosce; scriva quello che dobbiamo firmare e firmeremo: per farle un favore.» E così fu fatto. In breve tempo si ottenne la dovuta dispensa della Santa Sede.

Uno di essi non volle venire a ritirare la Dispensa. P. Leonardo gli telefonò: «A te non interessa riceverla, capisco. Ma io ho il dovere di consegnartela. Dimmi dove potrei venire». Si incontrarono sotto un ponte, uscendo da una stazione dell'autostrada in provincia di Ascoli Piceno.

Il P. Provinciale aveva in programma non solo di rialzare il tono della vita e dello spirito francescano nelle fraternità, ma anche quello di risolvere gli spinosi problemi del momento. Scelte avventate, costruzioni faraoniche; fabbriche tanto sconsiderate da distruggere il chiostro di un convento, o la stanza santificata dalla presenza di San Pacifico Divini; danni di frane e terremoti; impegni sociali, superiori all'economia di Signora Povertà, avevano accumulato debiti che per scriverli in lire ci volevano dieci cifre.

Alcuni Religiosi, animati da santa compassione per la gente non ancora guarita dalle ferite della guerra, si erano avventurati nella lavorazione di prodotti della lana, del cotone, del legno. Ma l'inesperienza nel marketing e la concorrenza facevano presto a ingrandire la cifra dei debiti. Eppure gli operai bisognava pagarli. Si ricorreva al P. Provinciale. Questi che faceva? Ripeteva il motto della Contessa dei Due Mari: "E quinci e quindi e guari! Pagate gli operai con i vostri denari".

Nell'estate 1975 P. Leonardo terminò il sessennio del suo Provincialato. Alcuni anni più tardi scriveva: «Da tutto questo poteva apparire che il Provinciale sia stato drastico, rigoroso, spicciativo, poco paterno. Se avessi usato un metodo un po' diverso, se non avessi fatto un po' il Provinciale, avremmo seguitato a creare il caos, il disordine; difficilmente ci saremmo ripresi.

«In pochi mesi la Provincia aveva riavuto il suo volto; le Fraternità, la loro vita; i refrattari o si erano allineati o avevano lasciato l'abito religioso. La Regola, le CC.GG., i Decreti Conciliari ci sono dati perché noi li vivessimo, non perché li calpestassimo. I Religiosi, la maggioranza dei Religiosi, specie quelli della mia età, erano entusiasti. Ancora oggi, nonostante siano passati tanti anni, non pochi Religiosi, quando m'incontrano, mi salutano con un rispetto, con un amore che sa di gratitudine».

Anche i Religiosi contestatori avevano riconosciuto la sua dirittura morale. Dicevano: «Tu sei un frate onesto, fai il tuo dovere. Ma tu sei il Provinciale, e noi ti combattiamo».

Puán (Argentina)

L'incarico di Ministro Provinciale tolse del tempo al lavoro per le Guardie d'Onore del CIM, ma non spense l'entusiasmo di P. Leonardo, anzi gli diede una nuova opportunità. Il Ministro Provinciale doveva di tanto in tanto visitare i Confratelli, anche se fuori del suo territorio nazionale; doveva poi visitare le monache del Secondo Ordine Francescano, le Clarisse, come parte della sua giurisdizione.

Così fece presto a spuntare l'idea di aprire un Centro Mariano in Argentina, dove una ventina di frati delle Marche avevano la cura della Custodia Francescana di Tandil.

P. Leonardo Tasselli e il Rag. Mario Passamonti
appena scesi dall'aereo Alitalia, aeroporto di Buenos Aires 1971

Nella sua prima visita (16 novembre - 15 dicembre 1971) P. Leonardo ne trattò con i Confratelli: con P. Pietro Mariani che, terminati gli anni del suo Provincialato, svolgeva la sua attività in Argentina; andò a vedere una località vicino a Tandil, nella prospettiva di farne un monastero contemplativo, un seminario francescano, un Centro Mariano.

Ritornato in Italia, P. Leonardo parlò dell'ipotesi con il Centro Internazionale della Guardia d'Onore di Monaco di Baviera, con le Clarisse che di tanto in tanto, per visite Canoniche o predicazione di Ritiri, incontrava.

Così la Federazione delle Clarisse delle Marche e dell'Abruzzo era allertata. Ora, ogni volta che le Clarisse incontravano P. Leonardo, chiedevano: «A che punto siamo con il monastero in Argentina?».

P. Lamberto Francioni ha avuto un ruolo predominante nella realizzazione del Centro Mariano in Argentina.

P. Lamberto era di famiglia sammarinese. Nato nel 1933, era partito missionario francescano in Argentina nel 1965. All'inizio aveva svolto la sua azione pastorale come assistente dei movimenti ecclesiali giovanili, in particolare degli Scout; e come cappellano dell'ospedale di Bahia Blanca. Con l'arrivo della proposta di P. Tasselli, P. Lamberto è stato testimone oculare di tutti i passaggi compiuti. Si trattava di organizzare la Custodia di Tandil "come un organismo completo, comprendente i tre Ordini: i Religiosi del Primo Ordine, le Religiose del Secondo Ordine, e i Fratelli e le Sorelle del Terz'Ordine; questo sarebbe stato un aiuto per risolvere il problema delle vocazioni e infine per dare alla Custodia un Centro di Spiritualità Francescana".

P. Lamberto, assieme a P. Danilo Monachesi, accompagnò P. Leonardo dall'Arcivescovo di Bahia Blanca,

Mons. Jorge Mayer, nel corso della seconda visita in Argentina (25 febbraio - 28 marzo 1973); fu con lui a Puàn, per visitare il luogo e per parlare con le Autorità della città, che si impegnavano a far da tramite per effettuare le donazioni di circa 50 ettari della Collina del Cristo, di 20 ettari di un'altra collina e di 7 ettari di campo della famiglia benefattrice, Signora Beatrice Eugenia Oliveira de Ortuyar.

Tra il 10 ottobre e il 10 novembre 1973 P. Leonardo, insieme al Geom. Pietro Bocci e alla sua Signora Marisa, tornò in Argentina per perfezionare con l'Arcivescovo e le Autorità Civili gli accordi presi nel marzo precedente; e per dar modo al Geom. Bocci di visionare il terreno su cui costruire il Centro.

In seguito, il 1° marzo 1974, P. Lamberto Francioni fu nominato parroco di Puan; rimase in servizio fino al 1998, quando, malato di tumore, dovette ritornare a San Marino. In quella occasione così scrisse ai suoi parrocchiani di Puan: «Dobbiamo rendere grazie al Signore, perché abbiamo lavorato insieme a voi e non per noi. Abbiamo lavorato per la gloria di Dio, abbiamo seminato; altri raccoglieranno».

P. Lamberto morirà a San Marino nel 2000, ma già la città di Puan aveva intitolato al suo nome una via "de la *localidad*".

Intanto nel novembre 1974 (dal 5 al 27) c'era stata l'ultima visita di P. Leonardo in Argentina.

Il 30 aprile 1982 erano arrivate in Argentina le Clarisse fondatrici del monastero di Puan: Suor Maria Rosa partita dal monastero di Atri, Suor Maria Assunta dal monastero di Pollenza, Suor Maria Pia dal monastero di Chieti, Suor Maria Gabriella e Suor Maria Chiara dal monastero di San Severino Marche.

P. Pasquale Di Saverio (5 aprile 1941, sacerdote dal 3 marzo 1969), P. Lamberto e le Clarisse cominciarono subito a costruire sulla collina "piccola" di Puan il monastero di Santa Clara. Fu inaugurato il 18 marzo 1990.

Questo è il cuore pulsante del Centro Mariano. È collocato in mezzo a una struttura a forma di un abbraccio. Sui due lati si trovano la Casa di Ritiro *Maria Regina della Pace*, gestita dai frati; la foresteria delle Sorelle. Al centro c'è l'entrata del monastero. Il tutto è posto in un'oasi di verde, in cui spicca la *Porziuncola*, una piccola chiesa dedicata alla Vergine Maria. Accanto a essa c'è una cappella con un Cristo morto, a cui si giunge percorrendo un lungo viale alberato, in cui si staglia una Via Crucis. Nelle colline di fronte c'è il *Millennium*, un santuario che all'esterno ha due scalinate; all'interno c'è solo un grandissimo *Crocifisso di San Damiano*, che accoglie con il suo abbraccio i numerosi pellegrini che qui si recano.

Questo meraviglioso Centro Mariano è distribuito su due colline, verdi di prati e di boschi: uno spazio di 100 ettari. È una riserva naturale molto adatta alle elevazioni dello spirito. Nel mese di marzo di ogni anno, quando in Argentina la stagione volge all'autunno, intorno alle due colline si snoda una processione molto popolare in onore della Madonna.

Attualmente il Centro Mariano di Puan, è curato da P. Pasquale Di Saverio della Provincia di San Giacomo della Marca; nel monastero vivono 12 Sorelle Clarisse.

Centro Mariano di Puan

P. Leonardo Tasselli, Grottammare

MONTEPRANDONE
E GLI ALTRI CONVENTI

I 35 anni dedicati alla realizzazione del movimento della Guardia d'Onore del Cuore Immacolato di Maria cominciavano a pesare sulle spalle di P. Leonardo. Alla fine, i Superiori dei Frati Minori delle Marche esaudirono la sua invocazione per un passaggio del testimone.

Così P. Leonardo, nel settembre 1993, fu nominato Guardiano del convento di Monteprandone; è il convento di San Giacomo della Marca ed è pur sempre dedicato a Maria Santissima, alla Madonna delle Grazie.

Prima di chiudere l'esistenza terrena, P. Leonardo visse, dopo Monteprandone, nei conventi di Montefiorentino (PU), Jesi, Matelica, nell'*Oasi Santa Maria dei Monti* a Grottammare, la Casa di Riposo dei Frati Minori delle Marche.

Visse come un modesto sacerdote francescano. La maggior parte del suo tempo era dedicata alla preghiera, cercando sempre di vincere la ripetitività con nuovi testi, inventando nuovi schemi, scrivendo dei commenti alle preghiere più in uso, in particolare all'Ave Maria. Eccone uno del 22 maggio 2006:

Le Meraviglie dell'Ave Maria.

"Piena di Grazia", Immacolata. Tanta grazia da superare gli Angeli e gli uomini di ieri, di oggi e di domani.

"Il Signore è con Te". Dio contempla e approva la grandezza e la bellezza del suo operare in te, o Maria.

"Tu sei benedetta fra le donne". Si avvera quanto profetizzato da Maria: "Tutte le generazioni mi chiameranno beata". La Chiesa, il Papa, i Vescovi, Clero, Fedeli, Artisti: pittori, scultori, musicisti e tutte le genti esaltano le grandezze di Maria.

"E benedetto è il frutto del seno tuo, Gesù": il Creatore del cielo e della terra, il nostro Redentore.

"Santa Maria". Maria, pura creatura, da sola, esalta, glorifica, onora Dio più di tutto il creato.

"Madre di Dio". Lei soltanto è stata elevata alla Maternità divina, alla dignità di "Madre di Dio", una missione privilegiata che la imparenta alle Tre Persone della Santissima Trinità.

"Prega per noi peccatori". L'umanità, prostrata davanti all'unica creatura piena di Dio, la supplica: "Tu che sei senza peccato, Tu che nelle tue origini sei sempre *Piena di grazia*, onorata e amata da Dio più di tutte le Creature celesti e terrestri, prega per noi peccatori nei due momenti più importanti della nostra vita".

"Adesso", durante questa vita donataci da Dio per costruirci la nostra eternità.

P. Leonardo, Jesi, 22 maggio 2006 - ore: 01 della notte

Molti Sacerdoti e Religiosi si rivolgevano a lui per la Confessione. Egli era molto breve, soprattutto con i Sacerdoti. Diceva: «Hanno tanto lavoro, tanta solitudine!».

Elisabetta Nardi, un'insegnante di Pollenza, ricorda: «P. Leonardo è stato colui che meglio ha saputo comprendermi, in tutte le sfumature della mia anima: le più belle per lodarle, le più brutte per correggerle! Faceva tutto con grande delicatezza, come un vero padre nei confronti di una figlia. Aveva stima di me e mi incoraggiava a camminare nel bene e a fare il bene. Era un maestro umile, attento e premuroso; si preoccupava anche della mia salute fisica, oltre che di quella spirituale: salute e salvezza camminavano insieme nella sua visione dell'intera persona».

E dire che, ai primi approcci, Elisabetta Nardi aveva pensato: «È antipatico, è proprio antipatico questo frate!». Burbero, accigliato, sempre a testa bassa... La Nardi andava spesso all'Infermeria di Grottammare. Faceva visita a P. Vincenzo Zucca, amico della sua famiglia e suo padre spirituale. I suoi passi si incrociavano con quelli di P. Leonardo. Lo salutava a mezza bocca e lui rispondeva senza alzare lo sguardo, eppure faceva sentire pesantemente un'osservazione indagatrice. Che noia!

Ascoltiamo la Nardi:

2008 – Erano gli ultimi giorni di aprile, ci trovammo in una sala: al centro c'era un lungo tavolo fratino. Io avevo di fronte P. Vincenzo, che era agli ultimi giorni di vita: morirà poco più di un mese dopo, il 4 giugno 2008; dal mio stesso lato, ma in fondo, c'era P. Leonardo che di fronte aveva la Signora Lucia Marconi, un'amica di famiglia.

Io stavo accarezzando in silenzio la mano di P. Vincenzo; era così, per fargli sentire la mia presenza. Il caro francescano non aveva più le forze per parlare, e io non volevo disturbare la conversazione fra P. Leonardo e la Signora Lucia. A un certo punto cala il silenzio; la Signora Lucia mi guarda accarezzare la mano di P. Vincenzo e domanda a P. Leonardo: «P. Leonardo, quand'è che potrò accarezzare la sua mano?».

P. Leonardo, visibilmente infastidito, guardandomi in modo arcigno, tuonò: «Mai! Le donne devono stare lontano due metri dai frati!».

In altre circostanze sarei intervenuta violentemente contro quella frase barbara e senza anima; ma ero ospite in un convento, erano gli ultimi giorni di vita di P. Vincenzo: non potevo alzare la voce. I miei occhi si riempirono di lacrime e, senza proferir parola, mi voltai verso P. Leonardo; lo guardai, come per dirgli: «Ma non lo vedi che è un uomo che sta morendo? Non sai l'affetto che ho per lui, che frequentava la mia casa prima che nascessi?».

Quel colloquio muto raggiunse e colpì il cuore di P. Leonardo. Egli immediatamente andò a posare la sua mano sopra quella di P. Vincenzo e disse: «Forza, accarezza la mia mano. Tu puoi farlo, accarezza la mia mano!».

Lo feci molto di malavoglia, quasi disgustata da questo frate insensibile! Chi si credeva di essere? Sapevo che era stato Provinciale dell'Ordine, Missionario in Cina, amico e Postulatore della Causa di Canonizzazione di P. Allegra, ma mi domandavo: «Ha un'anima? Sembra proprio di no!».

In seguito, quando andavo a Grottammare, desideravo solo una cosa: non incontrare P. Leonardo. Invece me lo trovavo sempre tra i piedi!

Arrivò il 4 giugno 2008, P. Vincenzo morì. Io pensavo di aver chiuso il capitolo: non avevo più motivo di recarmi all'Infermeria dei Frati Minori all'Oasi Santa Maria ai Monti! Mi recavo però quasi quotidianamente al cimitero di Pollenza e, bussando sulla tomba di P. Vincenzo, facevo questa strana preghiera: «Padre Vincè', mandami un frate bravo come te!». Poi pensavo: «Un frate santo come P. Vincenzo non è facile trovarlo; questa preghiera non sarà esaudita!».

Invece no: la preghiera fu esaudita! Nel settembre 2008, andai a Matelica per un giro turistico per le chiese; entrata nella bellissima chiesa di San Francesco, nell'oscurità intravidi la sagoma di un frate, che stava pregando con il cappuccio tirato su. Pensai che fosse un'apparizione di Padre Pio; mi spaventai! Guardai meglio e riconobbi P. Leonardo. Mi avvicinai a lui e gli dissi: «Lei è P. Leonardo, vero? Cosa ci fa qui?».

Mi rispose che era stato trasferito da poco, che stava pregando. Prima di congedarmi gli dissi: «Sto raccogliendo delle testimonianze sulla vita di P. Vincenzo; sarebbe così gentile da rilasciarmene una?».

Frate "orso" mi congedò con un secco no! A quel punto, sentendomi ferita e umiliata, lo assalii, dicendogli: «Lei non può dirmi di no, per due motivi: il primo è che, essendo stato Provinciale dell'Ordine, conosce bene la santità di P. Vincenzo e deve collaborare per farla conoscere; il secondo è che Lei ha visto il grande affetto che mi legava a P. Vincenzo e sa che enorme peso è per me la sua dipartita. Lei mi farà la testimonianza, vero?».

P. Leonardo fu preso in contropiede dalla mia audacia, dal tono perentorio: forse nessuno aveva mai osato rivolgersi così a quel mastodontico "orso". Addolcì il viso e mi rispose: «Sì, ha ragione: so quanto Le era caro P. Vincenzo e le cure e la dedizione che lei ha avuto per lui. Posso fargliela la testimonianza». Allora io prontamente gli ribattei: «Quando posso ritornare a prenderla?». Lui secco e deciso: «Mai, lei non deve più ritornare qui. Gliela spedirò per posta, appena l'avrò scritta! Mi dia un po' di tempo, mi lasci il telefono e la chiamerò per avvertirla».

Fu così che, dopo una quindicina di giorni, P. Leonardo mi chiamò per dirmi che mi aveva spedito la testimonianza. Quando l'ebbi tra le mani, lessi il contenuto tutto d'un fiato e provai come una specie di incantesimo. In quella testimonianza si sentiva non solo la cultura francescana di P. Leonardo, ma l'amore e la delicatezza di questo burbero frate nei confronti di quel suo piccolo confratello.

Compresi che la mia preghiera presso la tomba di P. Vincenzo era stata esaudita: «Era arrivato il frate *bravo come lui*».

Intorno al 2010 – La cuoca della Casa di Riposo di Grottammare era una signora dell'Albania. A volte P. Leonardo capitava in cucina e salutava con "Pace e Bene". Lei rispondeva: «Buongiorno», e P. Leonardo provava a chiedere: «Come ti chiami?».

«No, non te lo dico! Per te le donne sono tutte uguali.» S'era diffusa la voce tra il pubblico femminile che P. Leonardo non fosse un piacione.

«Ah! Lo so: ti chiami Aida!»

La signora era venuta dall'Albania con la sua educazione comunista; ma, una volta in Italia, aveva seguito assieme al marito un corso di catechismo e aveva ricevuto il Battesimo e gli altri Sacramenti. Era stata una grande festa, quella del Battesimo; vi avevano partecipato il Vescovo, Monsignor Gervasi, e perfino P. Leonardo. Ora Aida, 39 anni, aspettava un bambino.

Insieme a Elisabetta e Aida, c'erano altre persone che si prendevano cura di P. Leonardo, oltre ai Confratelli e al Personale Medico. Per molti anni la Signora Lucia Marconi, insieme a suo marito, il Dr. Eugenio Rossetti, ha frequentato P. Leonardo, non solo a Grottammare, ma anche a Monteprandone, Montefiorentino e negli altri luoghi. La famiglia Rossetti Marconi è stata il conforto di P. Leonardo nei suoi ultimi anni: un sostegno meraviglioso che si estendeva dalle cure mediche al dono di cibo e vestiti. Tanti ricordi, scritti in questo libro, vengono da confidenze di P. Leonardo alla famiglia di Lucia Marconi.

ASINELLO A TRE SOLD

Nel 1955, tra la fine di settembre e i primi di ottobre, P. Leonardo accompagnò il B. Gabriele Allegra in vari conventi delle Marche. A Jesi P. Gabriele parlò a noi, studenti di Teologia.

Ricordo il suo sorriso costante, il modo con cui faceva il segno della croce: lo cominciava non dalla fronte, ma dalla testa, prolungandolo ampiamente alle spalle.

Ci raccontò un apologo di San Bonaventura da Bagnoregio.

In una fattoria c'erano un giovane cavallo e un asino. Al mattino il

P. Gabriele Allegra
e P. Leonardo Tasselli,
Chiampo 1966

padrone prese il puledro e lo mise in un prato recintato; sellò l'asino e lo condusse in montagna. Il puledro passò la giornata a mangiare fiori e l'erba tenerella: ogni tanto si metteva a correre, saltava, si gettava tra l'erba, e riprendeva a mangiare.

L'asino, arrivato alla montagna, aiutò l'uomo a trainare grossi tronchi e a riportare a casa molta legna, utile per l'inverno vicino. Venne la sera e il padrone, conducendo il cavallo nella stalla, brontolava: «Sei tanto bello, puledro mio; ma mi costi tanto; e per tutta la giornata non hai fatto niente».

Diede una manata cordiale all'asino e, premiandolo con un secchio di fava secca, diceva: «Abbiamo camminato tanto, asino mio; abbiamo fatto una bella catasta di legna. Sei proprio bravo!».

P. Allegra non ci disse che la morale dell'apologo gliela aveva mandata a dire Pio XI attraverso Monsignor Raffaelangelo Palazzi ofm: «Dite a quel giovane frate che "Oranti, studenti et laboranti, nihil impossibile est" (Niente è impossibile per chi prega, studia, fatica)».

Certo, P. Allegra parlava a noi giovani; ci esortava a pregare, studiare, impegnarci, onde superare le difficoltà che anche ai giovani a volte sembrano invalicabili. Ma parlava anche a P. Leonardo, lì presente. Le parole di P. Allegra erano un plauso per lui, uomo di preghiera, di studio, di lavoro.

P. Leonardo Tasselli scrive alla sua scrivania, Casa di Spiritualità San Giuseppe nella Repubblica di San Marino 1988

La preghiera per P. Leonardo era il respiro della vita; non un'abitudine, non un atto dovuto, ma un vero atto d'amore, anche se, nella Liturgia delle Ore, l'amore era espresso su un tono altissimo e così lento, da far dubitare della sua tenerezza; o era affidato a schemi o commenti, che potevano ostacolare l'impeto dello Spirito, che repentinamente viene.

Lo studio era l'impegno costante della sua vita, fin da bambino; anche se allora gli succedeva di arrivare in classe come ritardatario impunito (*"Moh! Se Angiulì è vën sempar in ritêrd!"*). Il leggere, lo scrivere, il predicare, il pubblicare hanno convissuto con lui nella sua lunghissima vita.

La fatica è stata la sua dimensione eroica, titanica; era stampata nel suo nome da religioso con un anagramma: *Asinello a tre sold*. E in verità P. Leonardo aveva molte virtù dell'asino, insieme a una benedetta cocciutaggine.

Pensiamo soltanto a quante persone ha incontrato nella sua lunga vita:

Insegnanti nei vari ordini di scuole, Familiari, Religiosi, Benefattori;

Uomini di Dio, contestatori;

Vescovi, Superiori, Suore e Seminaristi;

Ingegneri, Maestranze, Muratori, Meccanici;

Avvocati, Giudici, Medici, Studenti;

Commercialisti, Bancari;

Uomini di Governo, Diplomatici, Impiegati;

Tipografi, Spedizionieri, Ufficiali delle Poste, Vivaisti;

Pittori, Artisti del legno, Scultori, Musicisti.

Ricordiamo i milioni di chilometri che ha compiuto in treno, in autobus, sulla nave, in aereo, in auto. Era capace di andare e ritornare da San Marino alla Sicilia; e ripartire il giorno dopo per la Germania, mangiando soltanto wafer e bevendo acqua minerale.

P. Leonardo Tasselli in partenza per Lisbona, Roma 1973

P. Leonardo Tasselli, Sri Lanka 1973

È stato negli Usa, in Cina, Belgio, Germania, Francia, Spagna e Portogallo, Sri Lanka, Taiwan. Più volte è stato a Hong Kong per arrivare a portare al punto risolutivo la Causa di Canonizzazione del Beato Gabriele Maria Allegra.

È stato quattro volte in Argentina per la visita Canonica ai suoi Confratelli delle Marche, per impiantarvi il monastero delle Clarisse a Puan e avviare in Argentina la Guardia d'Onore al Cuore Immacolato di Maria.

Veramente, caro P. Leonardo, hai servito la giovane Donna, che da bambino hai visto al bordo del campo di zio Evaristo, con lo zelo di un Sacerdote innamorato, con la fedeltà di un Soldato in grigioverde (le altre due figure che erano accanto alla giovane Donna).

Hai combattuto a viso aperto sino all'estremo delle tue forze. Era la tua idea fissa: bisogna combattere.

*P. Leonardo Tasselli nel luogo delle apparizioni dell'Angelo,
Fatima 1973*

Insieme al discorso di P. Allegra ricordo anche una delle conferenze che facesti a me e ai miei Confratelli, in preparazione alla nostra Professione Solenne nel settembre 1957.

Anche tu citasti San Bonaventura, per dire che un Ordine, una Congregazione Religiosa sono in decadenza, quando non sanno più difendersi dagli inosservanti, dai ribelli, dai frati mosca. È come quando un corpo non riesce a espellere virus o tossine. Al tempo di San Bonaventura, c'erano i *Correctores* durante la preghiera corale: correggevano gli errori e le disattenzioni nelle Letture e nel Canto; e c'erano le flagellazioni, i "pane e acqua", le restrizioni per gli indisciplinati; il carcere per i sovversivi.

Era il tuo giusto slogan di giurista laureato: le Leggi ci sono perché siano osservate. Ripetevi: "Sì sì! No no! A questo modo qua! Non c'è niente da fare!".

Dirigevi la tua vita a norma di Regola, Costituzioni, Statuti, Codici.

Beh! Per il Codice della Strada anche tu hai fatto qualche infrazione… Ti ricordi che, quando uscivi da Rimini per andare al nord, c'era un tratto di strada in cui alle 9 del mattino non c'erano mai gli Agenti della Polizia? E tu correvi oltre il limite? Ma una mattina c'erano…

«E voi, come state qui?»

«Qualche volta cambiamo orario, Padre.»

E hai pagato la multa. Ma hai fatto un'infrazione più grande.

La sera del 6 gennaio 2012 hai portato in camera tua un'arancia; il frutto ti è sfuggito di mano; nel tentativo di riprenderlo, hai perduto l'equilibrio e sei caduto, battendo il sedere.

Perché portavi in camera un'arancia? Pensavi di non averne il giorno dopo a refettorio?

Lo so, P. Leonardo. Era il tuo modo di fare fin da bambino. Lo spettro della fame ti portava a fare come i cani, che nascondono l'osso, avanzato al loro appetito, certi di ritrovarlo per il giorno dopo. Lo spettro della fame ti ha tanto condizionato. Avevi bisogno di sicurezza non solo nel cibo, ma anche come norma di comportamento, come protezione nella relazione con gli altri.

Ci sono infatti alcuni che si avvalgono della libertà dei figli di Dio, sbandierando l'amore fraterno, e infilzando gli altri con la loro arroganza dell'asso pigliatutto. Meglio mettere i paletti della Legge.

Ma nella relazione con Dio, il Padre sapiente e buono, la norma è *guardare gli uccelli del cielo e i gigli del campo*. Tu hai lavorato per costruire un santuario che è un meraviglioso giglio di cemento in un parco di verde e di fiori, dove gli uccelli fanno festa.

Il tuo progetto era quello di costruire un grande Centro Cattolico. Invece il Signore ti ha affidato il Suo progetto.

Il B. Gabriele Allegra te l'ha detto: «Non credere di essere stato tu a costruire il santuario del Cuore Immacolato di Maria! Questo è il dono che San Giuseppe ha fatto alla Sua Sposa nel bimillenario delle loro nozze». Tu hai dedicato tutto te stesso alla realizzazione di questo disegno divino, ma hai avuto la tentazione di ritenerlo tuo.

Quando a sera ti sei ritirato da San Marino, hai portato l'arancia con te: avresti voluto che tutto continuasse secondo il tuo pensiero, con la tua energia, con la tua dedizione.

No! Il Signore manifesta a poco a poco il suo pensiero; e lo attua nei modi, nei tempi, con i mezzi e con le persone che vuole Lui. Non per nulla ci ha insegnato a pregare, affinché "la Sua Volontà sia fatta come in cielo, così in terra".

Ora, caro P. Leonardo, riconosci che il Signore non ti ha punito per l'arancia portata a marcire nella tua camera.

Ti ha invece premiato. Sei caduto, hai battuto il sedere in terra e si sono rotte le vertebre cervicali.

Per questo sei morto; non per il tumore che ti affliggeva e ti avrebbe tenuto per anni lontano dal cielo. Invece hai avuto 84 giorni di sofferenza purificatrice e sei andato all'abbraccio del Padre.

Ora non è stato più come quel giorno dei primi anni del 1990, dopo i quasi 35 anni trascorsi a San Marino. L'hai raccontato tu stesso.

«Dovevo andare al Tribunale della Repubblica per ritirare un documento. Sono circa le 14. Metto la mia macchina nel posteggio e mi avvio a piedi verso il Tribunale, ma la porta è chiusa. A un certo momento inizia una forte pioggia. I negozi sono tutti chiusi; fortunatamente vedo aperto, quasi all'altezza del Tribunale, ma nella parte opposta, un negozio di frutta e verdura; e una Signora, piuttosto alta, vestita con abiti lunghi fino ai piedi, come fosse un'ortolana che vestiva con una certa dignità.

«Mi avvicino alla Signora e le domando se posso ripararmi dalla pioggia, entrando nel suo negozio. Il negozio era lungo, non molto largo: diciamo largo 2 metri e pieno di frutta e di insalata e di altra verdura. Mi impressionò la bellezza e la freschezza di tutto l'insieme. Chiesi scusa alla Signora del disturbo, ma lei molto gentilmente mi disse: "No, nessun disturbo".

«Questa scena delle scuse si ripeté più volte. Dopo 5/10 minuti si aprì la porta del Tribunale. Salutai e corsi a prendere il mio documento. Uscendo, volevo salutare la Signora: mi voltai verso il negozio, vidi la bella frutta e verdura, ma non la Signora. Allora presi la via del ritorno.

«Parecchi mesi dopo, forse un anno, Gaetano, il marito di Antonella Trigoli, il barista della Casa San Giuseppe, mi chiese di accompagnarlo proprio sopra il Tribunale dove, in un negozio, doveva controllare una statua.

«Strano! Gaetano non cammina mai e ora mi domanda di accompagnarlo per una strada e in salita. Andiamo: Gaetano, Antonella e io. Al ritorno ci fermiamo in un negozio di oreficeria. Antonella cercava qualche cosa per sé. Io invece guardavo fuori per vedere quel negozio di frutta e verdura; volevo salutare e ringraziare la gentile Signora. Guarda e riguarda, non vedo niente. Domando a una signora: "Non vi è qui un negozio di verdura?".

«"No, Padre, qui non c'è mai stato un negozio di verdura."

«Eppure c'era, eppure c'era...»

Ecco, Maria, che ti aveva sorriso al mattino della tua vita e nel negozio di frutta e verdura, ora, nella tua sera, è venuta per l'eterno sorriso.

È il 31 marzo 2012.

Particolare del dipinto del Cuore Immacolato di Maria,
copia dell'opera del Lorenzone eseguita
dalle Suore Francescane Missionarie di Maria

*Attuale Centro Mariano nella Repubblica di San Marino
con il Santuario dedicato al Cuore Immacolato di Maria,
la Casa di Spiritualità San Giuseppe
e il Monastero Santa Chiara*

INDICE

COR MATRIS
COLLANA DI SPIRTUALITÀ MARIANA

- Beato Gabriele Maria Allegra O.F.M., *Il Cuore Immacolato di Maria, Via a Dio*; 3ª edizione Repubblica di San Marino 2012

- Direzione Nazionale della Guardia d'Onore del Cuore Immacolato di Maria in Italia e Repubblica di San Marino, *Attualità del Messaggio del Cuore Immacolato di Maria*; 1ª edizione Repubblica di San Marino 2015

- Direzione Nazionale della Guardia d'Onore del Cuore Immacolato di Maria in Italia e Repubblica di San Marino, *L'Ordine Francescano Secolare e la Guardia d'Onore del Cuore Immacolato di Maria*; 1ª edizione Repubblica di San Marino 2016

- Direzione Nazionale della Guardia d'Onore del Cuore Immacolato di Maria in Italia e Repubblica di San Marino, *Consacrazione al Cuore Immacolato di Maria*; 1ª edizione Repubblica di San Marino 2017

- Armando Pierucci O.F.M., *No, Nessun Disturbo*; 1ª edizione Repubblica di San Marino 2023

Per grazie ricevute, richiesta di libri, notizie, immagini, santini relativi al Cuore Immacolato di Maria scrivere a:

Direttore Nazionale
Guardia d'Onore del Cuore Immacolato di Maria
via delle felci 1, Borgo Maggiore
47893 Repubblica di San Marino

guardiadonore@omniway.sm

C/C postale 13949474
IBAN: SM 47 I0854 009803 000030116963

Printed in Great Britain
by Amazon

39645086R00089